宮崎詩集

2021年版

宮崎県詩の会 編集

鉱脈社

『宮崎詩集』２０２１年版

「アンソロジー」の発刊にあたって

宮崎県詩の会
会 長　谷元　益男

皆様におかれましては、御健勝のこととお慶び申し上げます。

平素から、「宮崎県詩の会」の運営には御理解、御協力を賜りまして心からお礼申し上げます。

約十年ごとに発刊しております『宮崎詩集』アンソロジーを皆様のお手許にお届けするにあたりまして、一言ご挨拶申し上げます。

日本はおろか全世界を震撼させている「新型コロナウイルス感染症」は、未だその収束を迎えられず、国内全土が緊急事態に陥ったままです。容赦ないウイルスの攻撃は人間の弱いところを暴き出し、未曾有の恐怖をもたらしていると言っても過言ではありません。

このような過酷な状況の中ではありますが、人は何かを「縁《よすが》」に生きていかねばなりません。また、どのようなコミュニティーを模索すればよいのでしょうか。これほど、考えさせられる時代は今までになかったのではと思われます。

私たちは生きている限り周囲の人々と、また同じ趣味を持つ人たちと関わりながら生活したいと思うのは、人間本来の本能と言えるでしょう。今はそれが阻害される中で、しかも、このように疲弊した時代だからこそ「宮崎県」にゆかりのある詩人が一堂に会し、発信することが重要であり、この時代に課せられた使命だと認識する次第です。今回のアンソロジーの発刊が五冊目になるという歴史を持っております。決して自己陶酔に陥ることなく、より多くの方々と「詩の心」を共有することができれば、これに優る喜びはありません。

今回の『宮崎詩集』アンソロジーを発刊するにあたっては、「公益財団法人宮崎県芸術文化協会」からの御支援と多大な御協力をいただき実現することができました。この場を借りて改めて、厚く御礼申し上げます。

詩の生み出す「想像性」が、このような不安定な時代に心の支えとなることを信じ、人が自由を取り戻す契機になることを信じております。

この「アンソロジー」が、郷土文化の振興に留まらず、全国に向けより一層深化させ、「宮崎県の詩」の一翼を担い、共に手を携える一助になれば幸いです。

最後になりますが、御寄稿いただきました皆様に深く感謝申し上げ、制作に携わってくださった皆様にも心からお礼を申し上げます。また、この冊子を手に取っていただいた全ての皆様の御健勝と御活躍を心から祈念いたしまして、挨拶といたします。

二〇二一年十月

目次

宮崎詩集　2021年版

『宮崎詩集』２０２１年版「アンソロジー」の発刊にあたって　宮崎県詩の会 会長　谷元　益男……3
吉田　順子　風の輪舞曲《ろんど》／Aさんの日／眼差し……12
山口　謙治　ウォーレスの魂／涙……16
森山　廣良　開聞岳／ミツバツツジ／アルバム……20
森村　一水　梅／月／ノラネコ・デイズ……24
南　邦和　〈難民〉考／風景……28
三尾　和子　山茶花―塔―／花のあるかぎり……「蝶の舌」……32
松元　雅子　余白の午後／八月の教室……36
まつおじゅん子　青い嵐の後で／カンナ咲く……40
布留川　文　鎖／戻る……44
藤崎　正二　リュウゼツランは……48
福元　久子　土塊《つちくれ》／残照……52
日野　陽　鶏無常《むじょう》（無情）／ハムスター／とまどい……56
林　黄　船上の家／祈り……60
服部　久志生　世に出る／四季／天使は……64
長谷川　信子　小径の果てに／海を見た日／夜話し……68
野々上　万里　鳩が鳴く／片翼《かたよく》……72

西田良子　鰯《いわし》～水族館ii～／月夜の散歩／半月の夜……76
鍋倉清子　義姉《あね》の空／浮き木……80
中條喜世子　緑の星／秋色のパステル……84
中島めい子　ふるえる海で／本……88
友清慈子　我々世代／子すずめ／毎日……92
玉田千津子　模倣《もほう》の言葉／絹のブラウス／心……96
玉田一陽　夜みちの光線／車輪の酩酊《めいてい》／振り子の時間／あおい一滴の水……100
谷元益男　切れ目／藁……104
谷口順子　木机／氷山……108
田中フサ子　一輪の花／手編みのチョッキ／道しるべ……112
田中虎夫　木の命／彼岸の花／木の実……116
田中孝江　光の春／空蟬《うつせみ》／額あじさい……120
田中詮三　そのとき／魚が跳んだ……124
田島廣子　一緒に歩いた道　歩きたいね／留置場大学を卒業するおっさんに……128
杉谷昭人　農場／夏の終わり／湧水公園……132
須河信子　宙《そら》／朝貌《あさがお》……136
陣ノ下さとし　変奏の夏の夜／夏祭りの少女……140
新藤凉子　ふくら雀の唄／太陽が寝に行くとき……144

じん　ぐんよう　青島／ひぐらし／八月の蝉 …… 148
下永　玲子　杉の葉／瞳／わすれもの …… 152
椎葉　定実　椎葉山——平成十七年高千穂郷・椎葉山地域　世界農業遺産認定を記念して——／米寿 …… 156
櫻井　奏　だれもが知るしべつ／無関係な関係 …… 158
碕山　加奈　はるそらに／朝焼け …… 162
興梠　マリア　愛の子 …… 166
小池　久　メトロノーム／淡雪／ウイルス惑星 …… 170
黒木　なみ江　空／雲が生まれる …… 174
黒木　敏孝　黄砂／変えたくなかった …… 178
黒田　千穂美　追悼　岡井仁子氏へ　慟哭《どうこく》／誰とも話さなかったその日 …… 182
くらやまこういち　アクアスロン／年輪／気分のよさ …… 186
菊永　謙　父と／招き猫 …… 190
河野　正　虚飾の祭典 …… 194
狩峰　隆希　眠れる種子／すいかパン …… 198
甲斐　知寿子　追われる／匂う手紙／森のどこかで …… 202
甲斐　千里　伝言／万華鏡 …… 206
小野　浩　遥かなる砂の水音——中村　哲に—— …… 210
乙木　草士　甘い棘／心配のポケット／風の街 …… 214

大西雄二　樹の下で／認知症の媼を診る／青島……218
大重辰雄　煙／遺跡……222
江上紀代　帰郷／空を纏《まと》う……226
植野正治　乳母車……230
岩﨑俊彦　笑顔を振りまいて／都井岬／名前も知らない草たち……234
岩﨑信也　聖諦《しょうたい》／雪／木漏れ日……238
あゆみ　子らへ／意味／漣然《れんぜん》……242

宮崎の詩略年譜（二〇一〇～二〇一九）……246
評論　宮日文芸を振り返って……中島めい子　254
「みやざき文学賞」の軌跡――新しい詩界の誕生を……杉谷昭人　256
十年ひと昔……「点鬼簿」の詩人たち……南邦和　263
宮崎県の詩を牽引する詩人たち……谷元益男　269
執筆者名簿……274
編集後記……276

宮崎詩集

２０２１年版

風の輪舞曲《ろんど》

吉田順子

子牛がうまれた
崩れる羊水をかぶって
わらの上
滴《したた》っている
黒毛の子牛は
やわらかい脚で
いま　まさに
大地を蹴ろうとしていた

おまえは
野ぶどう色の眼をみひらいて
耳たぶから鼻先から脇腹から
生温かい蒸気をしゅうしゅうはきながら
みどりの丘の上に立っていた

さあ
駈けておいで　たかだかと
時を越えておいで　ようようと
むせるほどに
濃い密度の風が吹く
吹いてくる
移りゆくわたしの窓辺に
小止みなく
風は輪舞《ろんど》曲を吹き鳴らす

Aさんの日

時の列車に乗り込んで
Aさんの話はどうどう巡り
白い骨は輝きを増し
大連の風にカラカラと鳴る
ちいさく手を振ると

あ、お母さん
市役所の介護支援課の職員に囁きかける
わたし虐待されてるの
あなた現実みてないでしょ
逃げちゃだめだめ
刺す釘はグニャリとねじ曲げられ
子どもの笑みで応えてくる
日本酒がなみなみと注がれて
前菜が運ばれてくる頃にはAさん
また列車に乗りたがる
不可視という可視は
何処にもある旅のようで
そろそろ
車窓は泪でふちどられ
ほそい雨が降りかかる
濡れそぼって寄りかかる
たたみ込まれた記憶のへりで

（「宮日文芸」２０１５）

眼差し

花かんざしの花鉢を
ぐるりと回してみる
眼があったときのおどろき
誰れもいないはずだ
誰れもいてはいけないのです

そうでしょう……
そうでしょうとも

それが理解のすべてだった
そうやって

あなたは
わたしを諭《さと》すのです

ウォーレスの魂

山口謙治

打ち砕《くだ》かれたのは、岩ではなかった
打ち砕かれたのは、征服しようとする野心だった
打ち砕かれたのは、魂ではなかった
打ち砕かれたのは、服従を強いる力だった

ウォーレスの血は大地に沁み渡り、不屈の魂を育てた
大地はさざめき、虐げられようとする者たちの心を揺らす
冬の嵐は絶え間なく吹きすさび、自由と平等の尊さを叫ぶ
美空は、高々と人間の尊厳を指し示す

城門前に
晒《さら》されたのは、引き裂かれたウォーレスの体ではなかった
晒されたのは、新たな魂の誕生だった
人々の心に

植え付けたのは、弾圧への恐怖ではなかった
植え付けたのは、新たな魂の絆と勇気だった

ウォーレスは、証をたてるために死んだ
ウォーレスの魂はスコットランドを離れ
世界中の奥歯を噛みしめる者たちの魂となった

語り伝えるがいい
人は何のために生き、何のために戦い、何のために死ぬかを
草が、花が、山が、川が、ウォーレスの魂を語る

打ち砕かれたのは、岩ではなかった
打ち砕かれたのは、征服しようとする野心だった
打ち砕かれたのは、魂ではなかった
打ち砕かれたのは、服従を強いる力だった

――2014年3月　スコットランドにて――

（同人詩誌「見者」）

涙

津波にさらわれた幼い娘を探す夫婦の
疲れきった姿が　今日も夕映えの中に佇む
涙で　流しきれない悲しみがある
嗚咽《おえつ》でも　吐き出しきれない悲しみがある
一人　真っ青な空を見上げ
自分を責め続ける涙がある
海を見詰め　水平線の彼方に
探し続ける涙がある

雪の中　凍てついた瓦礫の広場
頬を伝う涙がある
その涙だけが温かく　その僅かな温かさに
救いを求める涙がある
折り重なった流木を覗き込み
朝の海辺を歩き続ける　孫子を探す老人の姿に

打ち寄せる波音も嗚咽する
父よ、母よ、子よ
探しきれずに　そっと　悲しみの石を積む
辛かろう　冷たかろう　苦しかろうと
一つ積むごと涙する
涙を落としながら　涙の向こうに何時までもあなたを探す

津波に飲み込まれた沢山の人々の
もがく無念の叫びが海山を満たす
積んだからと言って　悲しみが消える訳ではないのに
また一つ石を積む　涙の落ちた石を積む
石に落ちた涙は
どこからともなく吹く風に乾いてしまう
誰も涙の跡に気付きはしない

涙は流れ　悲しみは終わらない
いつまでも
石の中に
海鳴りの中に籠《こも》る

開聞岳

森山廣良

鋭角であの優雅な山へ
細君を連れ立って登る

登山道には大樹の根が
飛び越えねばならぬ危険な巨岩が
幾重にも立ちはだかり
海の眺望さえきかない森のトンネル

途中　脱水症状に
「引き返そうよ」と細君
「あと一〇〇米だ」
息も絶え絶えに頂上へとたどり着く
登山者たちの開く弁当の
何と美味しそうなこと

ようやくして下山　麓の人家に駆け込み
「飲み水をください」と懇願
ありがたく命の水をいただく
登下山二時間もあればと意気込んだが
四時間余りとは……

日本百名山のひとつ開聞岳
高さ九二四米の偉容
あの美しさ　そしてあの水の
何とおいしかったことか

ミツバツツジ

登山道に咲くミツバツツジの輝きは
花自身
それとも双石山《ぼろいしやま》の演出

折り重なる巨岩は地盤変動の痕跡
四方にガッチリ張り巡らす巨木の根たち
あれは生存の格闘か
いやあ、それは家族愛さ
ジグザグな道なき道には先達の靴跡《くつあと》

踏みしめ　摑み　ロープを頼りに
命がけで登ってゆく
参勤交代の旧道
〈象の墓場〉
ロッククライミング絶壁
話題拡がり　いつしか迷路を下る

標高五〇九米
険しい登山道の花々が
明日の生気を約束してくれる

アルバム

あの頃は若かったんだね
ほら微笑んでる
元気があふれてる

どんな出会いを　どんな家庭を
どんな仕事を　そして
どんな道を歩いてきたのか

時代が　ドラマが　生きがいが
幾つもの顔に　表情に　焼きついている
その背景にあるものを
アルバムはひっそりと語りはじめる

引き返せない人生を
アルバムをめくりながら
人はふっと振り返る

梅

森村一水

ぽつん　ぽつんと
梅が咲く
ぽつん　ぽつんと
胸に湿疹ができる

胸から
毒をもつ芽が出て
希望という
木が育つ

だが
根は
体を
からめとり

男は
身動きが
とれない

（「宮日文芸」２０２０）

月

月は火山に溶け
不吉な声を
辺りに響かせている
次からつぎに
噴火する熔岩
所所で固まり
遺体となる
遺体は燃え
未来への意志でできた部分が燃え残る
胸の中の

溶岩は
遺体全体を
燃やそうとする
僕は
生きようと
燃える手で
月を
つかもうとする

（「宮日文芸」２０２１）

ノラネコ・デイズ

僕は公園に通い
野良猫にエサをあげる生活を
十年続けた
丘に登り下界を見下ろす僕は
ビートルズの

「フール　オン　ザ　ヒル」に
違いなかった
だが僕は幸福だったか

今　僕は病院にいて
様々なストレスに
もみくちゃにされている
だがケンカした友達と
将棋する僕は不幸なのか
隣に来た看護実習生に
緊張する僕は不幸なのか

（「宮日文芸」２０１６）

〈難民〉考

南　邦和

あなたのもとに寄留《きりゅう》する者を
あなたのうちの土地に生まれた者同様に扱い
自分自身のように愛しなさい
——旧約聖書（レビ記一九章三四節）

密着取材によるＮＨＫドキュメンタリーで
内戦を逃れヨーロッパへの逃避行を決行する
シリア難民の〈きょう〉を見せつけられた
母国の各地から　隣国トルコへ出国
四千キロの道程《みちのり》を　ほとんど徒歩で
東欧・バルカンルートを経て
希望の地　ドイツを目指す難民の群れ
豪華クルーズの名所地中海は

ゴムボートで脱出する難民たちの
命を呑み込む死の海と変わり
〈難民〉を商品として扱う
したたかな死の商人たちがうごめく
ドキュメントは　成功組と失敗組を
人間ドラマとして描いてゆく

ぼくは　この残酷な映像の中に
十二、三歳の少年の姿を探している
七十年前　ぼくも難民の一人だった
祖国敗戦で足場を失った植民地から
着のみ着のまま　リュックサック一つで
北朝鮮の山野を歩き　イムジン河を渡り
内地（日本）への道を辿った日日

旧約聖書のその時代から難民はいた
日本歴史に貢献した百済《くだら》難民
J・F・ケネディもクリントンも移民の末裔《まつえい》
いつの時代も　難民（亡命者）たちは

海を越え〈新天地〉を目指した
難民の少年だったぼくは　いまでも
〈在日日本人〉の迷いの中で生きている

風景

大津波が
すべてを持ち去ったあとの
この途方もない広がりを
風景と呼ぶべきか
廃墟と呼ぶべきか
人々は　ただ立ちつくすだけ

掠《かす》め　引いてゆく黒い爪あと
津波のあとに残されたものは
伊邪那岐《いざなぎ》・伊邪那美《いざなみ》のあの世界
淤能碁呂島《おのごろじま》の風景

〈文明〉とよばれるもののはかなさ
人々は　原始へと引き戻される

津波が奪い去った
幾千幾万のいのちの声が
とおい海底に谺《こだま》している
呪うべき相手も
怒る手段も見失って
人々は　ただ沈黙する

現像液の中で象られてゆく
モノクロームの映像のように
いま　日々再生されてゆくもの
人々は　日常を取り戻す
だが　あの肉親たちの姿かたちが
風景の中に　戻ってくることはない

山茶花 ―塔―

三尾和子

森の石段をのぼりつめると　薄闇のなかに塔があらわ
れる　塔は七十有余年、巨大な御幣《ごへい》のように屹立《きつりつ》して
森の高台に立ち続けている

ひくく垂れ込めた雲に隠された月　塔は仮眠《ねむ》っている
闇が塔をつつむと塔の四方から造り物の御霊《みたま》が動きは
じめる
荒御霊　和御霊《にぎみたま》　幸御霊《さきみたま》や奇御霊《くしみたま》の霊　霊……、がぞ
ろりぞろり　「国づくり」の神話を影のようにひきず
り闇の森を彷徨うのだ
半ば眠りなかば醒めた大気　森を囲む山茶花《さざんか》の木々の
下で　立ち続けている土偶たちは　煙のような闇を吐
きながら霊のあとにつきしたがっていく　古めかしい
陳腐な姿を曝しながら　顔中を口にして

やがて　荒御霊の号令に　塔の中から甲冑姿の兵士たちが　ぞろりぞろり這い出してくる　みな顔中を口にして
音のない不可視の虚ろな世界で　塔に供せられた無数の巨大な石は兵士の足音に脅えている
臓腑《はらわた》を抉られ　深く首垂れた西国からの生贄《いけにえ》の麒麟でさえ歯をむき　顔中が物言えぬ口になるのだ
早暁　一陣の風に塔は目覚める　塔の幻の記憶の底で日曝しのカーキ色の古外套《がいとう》を羽織った男が　よろよろと起ちあがる

塔へ傾《かし》いでいる山茶花の古木から小鳥の囀りが聞こえてくる　山茶花の末枯れた花冠が枝先から崩れおち地上に散らばってゆく

（「詩と思想」２０２０）

花のあるかぎり……「蝶の舌」

少年モンチョは喘息もちだ。一年遅れての学校で緊張のあまり、お漏らしをしてしまった。逃げ出すモンチョにドン・グレゴリオ先生は、自分の横にモンチョの席をつくってやる。わたしの弟も、入学して間もないとき、おなじことをやってしまった。でも、そのとき、呼ばれたのは、わたし。

老先生は決して生徒たちを怒鳴ったりしない、リベラルな教養人は――自由はつよい精神を刺激するのです――とおっしゃる。わたしが二年生の夏、先生たちは自由を与えられたのだ、が……。

春、ドン・グレゴリオ先生は生徒たちを野原に連れ出す。蝶を追う生徒たち。

――蝶には舌があるのを知っていますか。蝶の舌は細く、ゼンマイのように巻いています。花が匂うと、蝶はその細い舌を花のなかへいれるのです。——愛でもあるのです——

わたしが青春だったとき、国じゅうに自由の花がひらいた。

ドン・グレゴリオ先生はモンチョにアナーキスト、クロボトキンの「パンの獲得《かくとく》」を薦めようとして、躊躇《ちゅうちょ》する。

そして「宝島」に変えたのだ。

この頃、スペインは揺れていた。ファシズムがひたひたと迫っていたのだ。先生もあせっていたのでしょうか。


群衆の眼前で、手錠をかけられ、装甲車に追い立てられていく共和派の男たち。そのなかにドン・グレゴリオ先生もいたのだ。罵声をあびせる群集。先生を乗せた装甲車を追いかける、モンチョは　叫ぶ。

「アテオ　蝶の舌」


わたしは、思った。

花のあるかぎり蝶の舌はけっして花を裏切らない　と。

「蝶の舌」ホセ・ルイス・クエルダ監督　１９９９
（「詩と思想」映画詩　２０２１）

余白の午後

松元雅子

幾日前のことだったか
教室で配ったプリントの一枚が
人差し指をぴりりと切り裂いた
指先に残るうすい傷に
沁みてゆく九月の日差し

梨の皮を剝くと
かすかな痛みに指先がふるえ
冷えた果肉に触れるたび
小さな傷が口をひらく

三十年前
はじめて受け持った女子生徒は
答案用紙をぐしゃぐしゃに

教卓をなぎ倒し
煮えたぎったやかんのように
教室をあとにした
小さなゆで卵になって
トイレの壁にもたれていた少女よ
泣きたかったのは
わたくしではなかったか

黙って退学届を書いた少年の
がっしりとした肩は
一度も振り返らなかった
いや
振り返ることができなかったのは
わたくし

風穴のようなピアス痕
踏みつぶされた廊下のチューインガム
短いスカートがせせら笑い
アメの包み紙は乾いた音を立てる

家出した子を追って
仰いだ師走の空は
オリオンに覆いつくされていた
戻ってこなかった生徒と
何もできなかった自分

ひとり居の食卓で
癒えぬ無数の傷に向かう
蒼い皿の上の梨は
静かに裸身を横たえたまま
過ぎてゆく
余白のような午後

（『みやざきの文学　２０１４』）

八月の教室

猛暑日の記録更新する国で
感染者数も記録更新
十八歳のマスクの群れは
机の上で溶けている

羊羹のごとき教壇往復し
また説いている受験の奥義
時計の針はまだ動かない

黒板を消すたび
骨粉のようなチョークの粉が
さらさら　さらさらと降る
ただひとり生き残ったような
八月の教室

青い嵐の後で

まつおじゅん子

支柱に豌豆《えんどう》の蔓が
ゆるやかに　からみついている
青い嵐が〝三密を守れ〟と喚きながら
荒れ狂っている
吹きつける強風に
かぼそいけれどしなやかな蔓は
必死に耐えている

離れたくない　つながっていたいんだ

嵐は去った
莢の中には　青い実が
ぴったり寄り添ってまどろんでいた
若葉の香りを含んだ風が

嵐の後に　さやさやと訪れた
疲れきった豌豆の蔓に
つながる手だては
いろいろあるよと　ささやいて
かろやかに吹き過ぎていった

（「宮日文芸」2020）

カンナ咲く

ガリガリに痩せた少女の私が
部落の家を一軒一軒　触れ歩いていた
行く先々の農家の庭先には
カンナの花群れが赤く燃えていた
まるで　遠い異国の地に流された
おびただしい血のように――

部落に一軒だけラジオのある

わが家の庭に集まったのは
大方　老人と女子供
天皇陛下の玉音放送とのことで
炎天下腰を下ろすこともままならぬ老人達は
曲がった腰を労りながら
椿の大木の下でその時を待った

ラジオはガーガーと雑音に遮られ
何を言うのかさっぱり判らない
ゲートルを巻いた隣組長さんが
ラジオに耳をくっつけて　皆に知らせた
「戦争が終わったど。日本は負けたげな」
私を可愛がってくれた大叔父は
「デマじゃ、嘘じゃ」と　大声で喚きながら
肩をいからせ　帰って行った
私は空を見上げた
落胆　怒り　悲しさ　どれでもない
覚えのない解放感が　風のように
炎暑の空へ吸い込まれていった日

何故かあの日の記憶は色褪せない

ワシントニアパームが一列に連なり
自在に空を掃いている葉先
根元には山盛りのトマトのようなカンナ
夫を最後のドライブに誘った国道
海は凪いで銀色の鱗が光っていた
平和の証のような風景

平和ボケの私は
音もなく忍び寄る戦争の気配を
まだ気付かなかった
黒塗りの報告書が報じられた日
黒い線は不気味に膨張して
銃弾の飛び交うただ中に居た若者達を
覆い隠そうとしている

あの日のカンナが彷彿として蘇る夏
声を挙げ続けてと揺れている

（『みやざきの文学　２０１８』）

鎖

布留川　文

後部座席の窓を伝う白い蛇は
ハンドルを握る彼の
右肩から身体を滑らせ
鎖骨の窪みにその頭を沈め　眼を細めた
タイヤが引きずり込まれ車体が傾く
蛇に絡めとられた彼は
ハンドルを振り切れなかった
蛇の冷たい鱗《うろこ》の襞《ひだ》に触れたのは　彼だけだった

彼の肢体が形を変えるまで縛り付けた
柔らかい鎖となったはずの蛇が
草間を縫うように遠ざかっていく
隠れた岩陰から震えながら
頭を出す蛇の眼に彼が映る

紅色に染まる背骨を照らす光は
静かな肢体に鮮やかに絡みつく
蛇の眼は濡れている
彼の背骨を
瞼の奥に焼き付けたまま

逢初川《あいぞめがわ》の水は引き締まり
葉風は秩父杉をなぞっていく
夕霧は三田井の町を覆い隠していく
雲海は徐々に
輪郭を浮き立たせる
彼の背骨が映る蛇の眼は
決して乾くことはないだろう
蛇の濡れた眼を
紅い光が
柔らかに縛りゆく

戻る

蜘蛛の糸に絡まる若き揚羽蝶
身動きが取れなくなった
揺れる網の端に見とれながら
蜘蛛は漂う
かつて作り上げた巣に
柔らかな霧雨が纏う
真珠の連なりのような
網目に気を取られた
気付いた時には囚われていた

あの　揚羽蝶がいい
あの羽ばたき始めたばかりの
柔らかな羽根に爪を立てたい
蜘蛛が昔捨てざるを得なかったものを
あの揚羽蝶は持っているから
細く黄金色に輝く糸は

蝶の身体に執拗に絡みつく
数ヵ月前まで膨らんでいた
蜘蛛の腹はすでに萎《しぼ》み
産み付けた卵のことも忘れて
羽根の動きに見とれる
退化が進んだ乏しい視力で

産み落とした卵に
幾重にも糸を巻きつけて
守り死んでゆくはずだった蜘蛛は
糸を巻き終えたのち
自分の役目は終わったと言い聞かせ
かつての住処に戻ってきた
久しぶりの昂揚に眩暈《めまい》を覚える
肢を踏み外さぬよう　慎重に網目を伝う
黄金色の縞を纏う黒い身体を
月光が執拗に照らす
残された余生に一縷の華やぎを求めて
蜘蛛は一肢《ひとあし》ずつ近づいていく

リュウゼツランは

藤崎正二

川岸の駐車場　そのそばのたっぷりとしたながれ
春の橘橋をくぐってコンクリートの階段をのぼる
トロンボーンの練習してる少女のそばを鳥に越されて取り残され
ながくもない階段を白いスニーカーが一つひとつふみしめて上る

フェニックスやワシントニアパームのばさばさした葉かげのところ
きみどりと深みどりが並んだあたり　リュウゼツランは咲いていた
まっすぐのびるさき　青空　ふさふさとした
むきだしのこころの　空白　いくつもつけて

五十年に一度というからにはりっぱな雰囲気をたたえて
お前なぞ生まれる前から生えておるのだぞと言いそうな
目の前のそれはにょきにょきと伸びすぎたブロッコリーのよう
見上げるほどに背が高くてっぺんのふさふさにひかりまとわせ

じぶんの背丈より大きいか小さいかフェニックスよりも
ワシントニアパームよりも小さいのは樹木ではないから
大きくて背の高いものならばくす並木通りのくすの木
コンクリートの建物のひとつドアを開ければ靴下を売る

しましまのをひとそろい買ってくす並木通りは朝のひかり
かげの斑を道に散らしてひとに落としてかげをかさねて
休日でも建物の改築工事は続いて旗を持つ作業着の背中に
次に向かう白いシャツの背中にひかりとうごく斑の葉かげ

ちいさな本屋は古本ばかりその背表紙の日焼けたところ
いくつか見せて閉まっている窓にわたしの影が映って遠のく
自転車一台すれ違う交差点の向こうに見えるアコウの木
むきだしの根はまばたきの閉じてるときに動いているのだ

生えている木のすべては揺れてマイノリティーの踊りのよう
先端の伸びすぎた枝を切り落とされて切断面から再びのふたば
小さな芽吹き小さな葉小さなしずくを小さくまるく

いくつものせていくつも光らす　映すものすべてをゆらす

※

わかい知人が働いていたカフェはぜんたいに白い場所で
隣りの女性は首を折るようにスマートフォンを見つめていた
コートをはおって出て行ったあとをすぐ店員がやってきて
赤いノズルの霧吹きでしゅしゅっとやって布巾でふきとる

わたしがこのあとこの酸味の強いコーヒーを飲み干して
読みさしの頁にしおりをはさみでていくときも同じように
消毒用アルコールの匂いはコーヒーとマスクで遮られて
石畳の道を踏みしめるさきの若草通とはいい名前である

まんじゅうを買う列に自分なりのソーシャルディスタンス
黒ふたつと白ふたつ黒ひとつはすぐにたべますそう持ち帰りで
くるまれたものをうけとって歩くときその熱が伝わってくる
あかんぼを抱いた時のようなじんわりあついものが伝わって

まだ使われないビーズの色やかたちが増えたり減ったりして
瓶のなかに保存されているところにもわたしは映っていたが
まだ五十年も生きていないしあかんぼだったのは信じられない
葉陰のまだらの記憶と動き続ける根っこの話は誰が信じるのか

街に出てきた目的は鳥に越されて取り残されてゆるい坂道
まんじゅうの熱はさめないまま三つ入った紙包みのぬくみ
みえないものはみえないままひかりもかげもてのひらのなか
リュウゼツランは咲いていた春のひかりをふさふささせて

（文芸誌「文学と汗」第一号 2020）

土塊《つちくれ》

福元久子

若き日　耳にした「永遠の命の言葉」
あの日　わたしの耳は聞いても聴こえず
目は見ても視えなかった
言葉を忘れ　闇に囚われ
いたずらに怠惰な時を過ごしてきた

年を重ね　いよいよ驚嘆する自然の妙
天地《あめつち》の見えるもの　見えぬもの
光の道　風の道　水の道
空　海　大地に動くもの　動かぬもの
凡ての生物《いきもの》を創造《つくり》　その食べ物を備え
人を創造たまいし大いなるものよ！
この命を深く感謝します

土より創造られし未知なる人間
善悪を知る樹《き》の果《み》を食せし男と女
その裔《すえ》の流れは悪しき欲望との戦い
なぜ楽園に狡猾《さが》しき蛇がいたのだろう
人は長い時の間に創造主を忘れ
自ら見てきたように進化を語り
自ら生まれし如く全地に君臨する

富める者は超然と高みに立ち
飽くなき野望と栄華に酔いしれ
あまたの地に這う人々を置き去りにした
なぜなぜ　と心に湧きおこる疑いの目を
わたしは振り払うことができない
塵灰《ちりはい》の中で悔い改めたヨブにほど遠く
神の御名《みな》さえ素直に呼べない
わたしの罪も天に届く

あゝ　わたしは土塊　土より出でて　土に還る
一寸アヤメ　紫の色

残照

あなたとわたしは
初めから違っていたのです
あなたは眉間を見つめ
わたしは眉を見ていました
互いに瞳を見つめていると
思いこんでいたのです

若かったあの頃　幻想の草原に
あなたは忘れな草を
わたしは野いちごを探していました
大切なことは　山椒の小粒
小さな誤り　過ちさえも道連れに
こつこつ小石を積むことでした

故郷《ふるさと》に帰り　建てた家も古び

草深くなった庭に佇《たたず》む
年老いたあなたとわたし
山の端《は》に残照の消えぬ間
感謝の祈りを捧げましょう
ミレーの「晩鐘」のように

（詩集『残照の消えぬ間に』より）

鶏無常《むじょう》（無情）

日野　陽

いつも怯《おび》えたような二つの目　赤い顔の臆病者　翼は退化　飛行をやめ　地面にはいつくばって生きている　野心的な食欲の持ち主　卵は搾取《さくしゅ》され　廃鶏になれば食肉　見事な運命の一本道
ペットのように飼ってきた雌鶏の寿命　足を動かせなく　体を引きずりながらも横にはならない　仲間と同じく餌を漁《あさ》る　耐えるだけ耐えて三日たった朝　赤紫の顔に半開きの目　片隅でひっそりと横たわっていた
母も死ぬまで床に臥《ふ》さなかった　寝るともう起き上がれないと口癖だった明治生まれの気丈《きじょう》さ　直前まで食卓にしがみついていた不思議な光景
鶏のあの意固地さはなんだろう　仲間の排除を恐れ　弱さを見られたくない野生の習性なのか
その日も仲間たちは声を上げ　何事もなかったように　がつがつ餌を食った

ハムスター

眼は黒くて　いつも冬の色で濡れている
目覚めた彼女は　回転車を回し始める
それは遺伝の血の騒ぎ　野生のほとばしりなのか
彼女を駆り立てているものは何なのだろう
そのつぶらな瞳に宿るもの
まぎれもなく　狂気に飢え　血に飢えた獣のようだ
道化ることは生きることだ　と誰に習ったのか
豊穣《ほうじょう》なふるさとは　血を鎮《しず》める安息の地は
いったいどこにあるのか

金属で囲われた世界に　なにを期待できよう
もはや　そこは運命が封印された
別の生き物が住む世界

それほど長く飼育され
どれほどあきらめの涙が流れたか
そして流れたものはそれだけかと　問うてみよ

いや　与えられた回転車は
侮辱《ぶじょく》のプレゼントだと　抗議しつづけよ

退化した手足　去勢された野生　食いぶくれた体

だから　あんなに可愛いいのだ

朝から夜まで
悪戯《いたずら》な愛撫《あいぶ》にさらされる生き物よ

しかしそのつぶらな瞳は

まさに　狂気にゆがんだ獣の眼だ

とまどい

白い壁
しがみついた蟬の
抜け殻
すでに季節は
逝《い》ってしまった
どれほどの魂が
亡骸《なきがら》を愛撫したか
その
ガラの形作る鋭い爪は
凛《りん》として美しかったのは
なぜか

船上の家

林　黄

男の父は軍人だった　父の教えを規律として
全ての生活の法とした　反抗抵抗することは
自己否定と化す　一度だけ誤りが生じた　中
学の時　落葉を集め焚火を玄関前でした時
後方より行成り、木刀で頭を殴られた　父に
理屈も言えず　ただ頭をおさえるだけだった
父の前に立つことさえそれ以来恐怖となった

私も軍人となり、上官となった　父の手法を
手本に今日も部下に指示と命令を下す　部下
の一人が提議（計画書の変更）した　私はそ
の部下を人間的未熟（軍人として未完）を理
由に却下した　他の上官達は評価、賛同し、
私の人間的未熟、人格の欠落についての質問

を受理した　私は父の思考・行動・論理性を
基準に説いた　それ以来、私は孤独となった

海の訓練を終え、家に帰る。息子三人、娘五
人、妻の十人家族　一部屋四人ずつの小さな
家で寝食　まるで船の船室だ　息子も上が十
五となり　反抗する　私は父のように小さい
頃から厳しく躾けたが…私の人生価値観が息
子には理解できないのか、私を手本に学ばな
いのか男の生き方として。家を出る時、玄門
に全員一列に並び敬礼　妻の「御無事で」の
見送りが我が家の慣習であるが…その日　長
男は部活の合宿　妻は末の子の熱発で病院へ
我が家の伝統と規律は崩壊し　父としての威
厳も喪失した　私の生きざまは難破船となり
海溝に飲まれてゆく　制御不能な渦のあわだ

私は仕事場でも、家でも、父の亡霊を見る、
自分の存在は薄れ　だれも「私」として認め

てくれないと信じ込んだ　不安という卵が割れ、そこから否定と不信と恐怖が流れ落ちる

私は仕事場からいつ帰ったのか　いつ眠ったのか　私は一瞬、家が船という妄想にかられた「そうだ訓練だ、全ては訓練が基本だ」父が語っていた　自分を見失った時は、基本に戻れと、あの木刀でなぐられた時のように私は船内での火災訓練をすることで　一家の結束を高め　礼と儀を重んずる家系と家訓を取り戻すことができると確信した　そして、一階の居間に重油をまき火を放った　さあ、訓練の始まりだ　「火を全員協力して鎮火せよ」上官の命令には絶対服従せよ　火は天井へ、二階の子供部屋へと、私は玄関の屋根にのぼり大声で叫ぶ、「早く消化せよ」と、十五の息子が私を後方からひきずり降ろした「上官の命令に従え」私は冷静に対処した　息子は私を殴り「お前のせいだ　火の内に飛び込

み　全員を連れ戻せ」と、妻は私の足にしが
みつき「もう手遅れです」と、
男は今日も海に向かって何か叫んでいる「早
く鎮火せよ、命令だ」その意味を理解する者
は　陸にも海にも空にもどこにも存在しない

祈り

何も求めないあなたの白い言葉
闇より叫ぶ赤い声よりも
心の耳にひとしずく涙を落とす
湖畔に波紋の円を唱う
喪失の手を合わせ　時が風に舞い、祈る
何も求めない　あなたの心のように

世に出る

服部　久志生

自分の創出したものが世に出る
こんな幸せなことはないですよね
だって、人はなにかしら自分を表現することに
そして、それが世の人の目に触れることに
生きた証をみるからです

初めて設計した公園のプール
画のとおりに綺麗に完成しました

子供たちが嬉々として水と戯れるのです
これからも、そう
夏が来るたびに、いろんな人が訪れることでしょう

私の報酬はそれです

冬になっても　私はそのプールを訪れます
眺めたり、さすったり　しばし想いに耽るのです

四　季

春

肌が呼吸《いき》をし　夕暮れせまるとも
心おだやかなうるおいの季節
水気を含むそよ風が、水田の稲穂を
幼児《おさなご》の頭をなでるが如くわたる

夏

老いたるものには、容赦なく照りつける
その白い陽

芽生えるものには、祭典の時節
若者の　裸体の　叫び合い
踊り狂う、果て無き夜

秋

或る、結末の時
一年の収穫を喜び、あるいは悲しむ

澄みわたる空をあおぎ
詩人が哀愁にあそぶ季節

老いたるものの　醒めたる心に
冷やかな、そよ風の通うごと
肌寒の終着の風景であることよ

冬

年を越えることの出来たものは

春を待ち、春に備える
囲炉裏端、子供たちが
降りしきる雪の向こうに
昔話の異界を想う

天使は

天使は
故郷のように
そして愚かで　豊かな
仔持ちの母猫のように
いつも、私の足元で
微睡《まどろ》んでいた

小径の果てに

長谷川　信　子

現世の末のような
神殿が　ひっそりと在った

庭に
白梅がツンツンと咲いて
女が男を突き放したときの匂いを
醸《かも》していた

赤子を産み落した　女の
乳房からしたたる　乳が
芽生え始めた　藻草《もくさ》のうえに
散りばう

ここは女が

早緑月《さみどりづき》に
子別れの儀式を行った場所
神殿の前に毛布に包んだ赤子を
そっと置き
頭を地に押しつけて　謡《うた》った

鬼になったのではない
鬼の中に女が棲《す》んでいたのだ、と……

歳月は
矢となって　絵馬を割り
赤子を横抱きにして
生きがたしれず

（詩集『昼の月』より）

海を見た日

子供の顔は蒼白になる
子供の足は棒立ちになる

知っている
　知っている

子供は武者震いしながら　海を睨む

がまんできずに　子供は走り出す
いちもくさんに　波を蹴立てて
昔に向かって走り出す

生臭い海はいよいよ青く

子供は尾を跳ね上げる
子供は鰭《ひれ》を戦《そよ》がせる

（詩集『昼の月』より）

夜話し

爺だったか　婆だったかはさだかでない

大きな蜘蛛に驚きの声をあげては　いけない
あれは花嫁さんだ　けちな旦那に飯を食わせ
てもらえない花嫁は蜘蛛の姿になって　みん
なが寝静まった夜更け　釜の蓋をあけて背中
の瘤《こぶ》に飯を放りこむのだ
山道で猿に出会ったら「こんにちは」と挨拶
をしなさい　彼は人間の娘に恋をして身分ち
がいだと庄屋どんから濁流に流され「おおん
おおん」と泣きながら　それでも勇敢に帰っ
てきた　いい奴だ
昭和二十一年小学校一年生になった「これか
らは男女同権」と先生は元彦君と同席にした
蜘蛛か　猿か　男の子か区別のつかない頃

（詩集『七夕の雨』より）

鳩が鳴く

野々上　万　里

夜にしか聞くことの出来ない声がある
誰も彼もが寝静まった頃
囁くように鳩が鳴くのだ

空気はかすかに冷たく重く
車の往き来も途絶えた頃
鬱蒼《うっそう》とした葉桜の群れの奥深く

丸い目をして灰色の羽根を持つ
一羽だけで木の洞《うろ》に住む鳩か
金網の中から逃げ出した鳩か

姿を見せることのない鳩が
今日の私の過ちや誤解をほぐし

励ますように鳴いているのだ
淋しい、悲しい、辛い――いや
絶望の淵を越えてなお遠く
見えない鳩がそっと鳴く

春の長い夜をくぐり抜けて
誰にともなく語りかけるように
見えない鳩がそっと鳴く

（詩誌「詩芸術」1991）

片《かた》翼《よく》

朝方、鋭い叫びを耳にしたと思った
猫との喧嘩なのか鳶《とび》との諍《いさか》いか
通勤途中の路地の片隅に
黒々と鴉《からす》の羽根が落ちていた

捥《も》ぎ取られ裂けた赤い肉が
電柱にもたれ血溜りに浸っている
野良猫に襲われたのなら身体は
今頃胃の中で消化液にまみれていよう

死骸の残りと化したそれは
赤と黒のコントラストが鮮やかに見えた
羽根の付け根の白さは生めかしい程
陽気に鳴きながら自由を謳歌し
空を泳ぐように羽撃《はばた》いた翼が
今では地面で灼《や》かれている

急転直下の出来事だったろう
激しい戦いと痛みと墜落
大きなものの前に無力であるのは
世界の摂理に違いないとしても
弱肉強食の果て小さな蟻にたかられ
アスファルトの上で朽ちてゆく

翌日には血溜りを残し消え去っていた
私の片翼は誰かに撤去されたのか
小動物が持ち去ったのかしたのであろう
雨でも降って血痕がさらわれたら
そこに在った命の断片など
私以外に記憶する者はいないだろう

腥《なまぐさ》い死臭を冷たい風が掃いた後
重くみかんの花の匂いが覆《おお》い隠す
陽射しの色が明度《めいど》を上げると
日常があっという間に戻って来る

鰯《いわし》～水族館ii～

西田良子

部厚く広いガラスの壁の中で
時計回りにぐるぐる泳ぎ続ける
鰯の大群

デモ行進のようだが
余りにも静かでスピードがありすぎる
もっと餌をとか海へ返せとか
シュプレヒコールをすればいいのに

市民マラソン大会のようだが
ゴールも見えず 一等やしんがりの区別もない
いっそのこと自分のスピードで自由に泳げよ
もしかして海に帰った時
マグロやサメたちに追いつかれないよう

毎日皆で鍛錬《たんれん》してるのか
ニンゲンどもよ要らぬお世話だ
何かあるたびに
どっちへ行けばいいか
誰について行けばいいか
右往左往しているあんたたちに言われたくない

僕らは真っすぐ前を見て
無心に泳いでいるつもりです

月夜の散歩

サヤエンドウが
蝶のような白い花をたくさんつけた
真夜中に月光を浴びた花たちは

ひらりと空中に躍り出る

チューリップさん明日は赤い花を咲かせてね
ブルーベリーのお花さん沢山実をつけてね
梅さんや枇杷さん実がまた少し太りましたね
おやデビューしたてのウグイスさん
あなたの歌声あと一息ですよ
あらもう東の空が白み始めましたね
早く戻らなくちゃ

白いモンシロチョウは
公園の桜を名残惜しそうに見ながらも
急いで畑へ戻りすまして花に変身した

けれども遅れて戻って来た蝶は
花にはなれなかった
小さな可愛いサヤエンドウの実が
生まれていたのだった

半月の夜

夜の空にうろこ雲が広がっている
半分の月に照らされて鱗は灰色に光っている
頭と尻尾は見えないがきっと巨大な魚だ
月は地上にも優しい光をなげかけている

昨夜は雑草で空も余り見えなかったレタスたち
今夜は雑草軍団はいなくなりのびのびしているはずだ
きっと空の魚にやあやあと話しかけているだろう

「蔵の中にしまわれたままの鯉のぼりたちがネ
もう一度空を泳ぎたいと半月さんに頼んで
空をゆうゆうと泳いだのだってサ」

夜が明けるとすぐ　おしゃべりなレタスは
寝惚け眼のまだ青いミニトマトに
得意げに教えることだろう

義姉《あね》の空

鍋倉清子

両親の笑顔に見送られ
女学校へ向かった義姉
人類史上最初の核兵器　原子力爆弾
一九四五年の夏　広島の上空で爆発した

生き残った被爆者たちは怯えていた
現在と未来を生きようとしても
何時どんな形で現れてくるのか分からない
瘢痕《ケロイド》が少しだから心配ないと誰が言えよう

ある日　人知れず血液が侵《おか》され
年を経て癌が現れた
脳血管障害を繰り返して植物状態
眠り続ける義姉は不安から解放されたが

それは人生最後の日まで
体に留まっていた

あなたの行く末を案じた両親の死も
巡る四季も知らず
医師と介護職員の手に委ね
全ての体の機能が止まった
被爆後六十九年を
乙女の白い肌のまま生きて

二〇一六年五月二十七日
USA大統領の広島訪問
原爆資料館を訪れ　原爆ドームを見上げ
慰霊碑に献花し
核兵器無き世界を希求するスピーチ
長身で端整な姿の長い両手が
被爆者の老人を懐に包んだ
あなたも　先に亡くなった人たちも
今　ここで　抱き合っている

まるで　父と息子　の聖画のよう

あなたは原爆死没者名簿に名前を遺した
原子爆弾を製造した人
命令した人　投下した人たちの弁明は
土の下に埋めましょう

来年の平和記念日は
鳩の背に乗って
のどかな広島の空を
遊覧なさいませんか

（『みやざきの文学　２０１６』）

浮き木

治療の効果がなくなった現状や
心不全の最終末期と言う医師の説明を

屈託が無い母の笑顔にごまかされて
子供達は受け容れがたく葛藤する

母は闇夜の大海原に頼りなく漂う浮き木
いつとは知れぬ波間に沈みかけている
浮いているのがやっとというのに
子供達は培ってきた知識や価値観を
押し付けようとして　波立たせる

枯れ細った浮き木の言葉に
子供達は枕辺に寄り　耳を澄ませる
「からだに　気をつけなさいよ」

浮き木は微かな光を放ちながら
決して後戻りできない方へ
一刻一刻　向かっている
父が待つ処へ　無事にたどり着くように
穏やかな海路を　ただただ　願おう

（詩集『母の山』より）

緑の星

中條　喜世子

昔の世界を旅立って記憶を失いやって来た
あなたも私も手を挙げて緑の星にやって来た
七十六億の魂が
生きて集まるこの星に

出会う人数限られて
生きる長さも限られて
やりたいことも限られて

緑の星は命の星　生きて喜び願う星
風　鳥　木立はリズム取り
仲間や家族や人々が　愛を育み祈る星
悲しみ　苦しみちりばめて
一人一人が宝石に

変わるチャンスのある所
未来の国へのパスポート
手にして準備をするところ
緑の星がいつの日か
水晶のように変わる時
果てない時がやってくる
昔の青い世界よりもっと輝く時が来る
出会った数の何倍も
多くの人に会うだろう
思いも及ばぬ幸せに
まだ見ぬ先祖と酔うだろう

天の使いと唱歌隊
歓喜の賛美を歌う中
天の両親　長兄も
あなたもわたしも其処にいて
感謝の涙にむせぶだろう

秋色のパステル

忍び寄るようにかすかに
夕凪に秋色のパステルが混じり始めると
別れの時がやってくる

燃えたぎるような　オレンジ色の陽射し
山に海に街に　子ども達や若人が
クーラーの効いた空間から出てくる
汗と倦怠感とが
彼らを止めるかのようにみえるが
運ばれてくるエネルギーは
それらを一掃し突き動かす
よじ登り　飛びおり
泳ぎ　潜り　迷走し　浮く
冒険とチャレンジと無茶
疲労と回復が繰り返され得る

あれよあれよと　いう間もなく
我を忘れて灼熱の炉の中で踊り狂う
今しかない　今やりたい
だからするだけ
オーバーヒートの怪我もする
良いじゃないか　それも

秋色のパステルは
切り立った岩山のてっぺんのハゼの木に触れ燃え上がる
紅色がプリントされ心にしみ込みラミネートされる
心変わりの色　哀しみの色
あの色は懺悔《ざんげ》のつぶやきを漏らす
かさぶたのとれた　青春の終焉

セピア色の山里には
ぱちぱちとはじける焚火の中に郷愁と追憶が流れ
越冬に備えての変化を受け入れる
街の子は焚火のかおりに
ぬくもりを期待し別れを惜しむ

ふるえる海で

中島めい子

不思議そうな顔で女が話している
やさしい　真面目な方でしたよ
にこやかに接してくれましたし
あの方の胸元に不発弾が在ったなどと
信じられましょうか

その人の亀裂は深いのでしょうか
余震はあったのでしょうか
馴れはこわいものです
小刻みな震えに麻痺していたのですから

わたしの中の断層
自分にも分からない意味不明の苛立ち
ずれていくプレート

他者のうなずき　他者の笑いが
はるか離れた岸辺の動きのようで
世界のつぶやきに身動きできない日が
やってきはしないかと

生ぬるい海の水になれて
熱波になれて
乾いていく　渇いていく
体も　心も
敏感な珊瑚の触手のように
ヒトの海の中で
今日も耳をすませている
かすかな揺れに

（「詩と思想」２０２１　七月号）

本

あなたは　わたしの誤読の結晶
たび重なる　思い違いの　分厚い本
いま　ふたたび　あなたを開き
二十数年前の読み違いに気づく

林は　婪《らん》であり　貪欲な夢を　むさぼった
闇は　悶え　ときに閹《えん》となって
果てしない穴へと誘った
短いフレーズが
淙淙《そうそう》と流れる　水の音に重なり
蹌蹌とよろめく　足どりになる

わたしも　また　だれかの誤読
自分さえ判読できない　ゆらぎの本

生誕の　曖昧模糊とした記述におびえ
愛ではなく　曖《あい》の部屋を求めた
自らの手で葬った　落丁の頁は
時折　あぶり絵のように
余白に　顔を出す

ゆらぎの本は
わたし自身にさえ誤読され
いつか　一冊の物語は　閉じられる

静かな時の中で
黙読してくれるのは
だれだろう

（「ピアニッシモ」12号）

我々世代

友清慈子

他人のよい所は真似をしなさいと教えられた
逆に　他人の真似ばかりしていては
所詮人並みの人生だとも言われた
友達が遊んでいる時こそ勉強しなさい
みんなが休んでいても働きなさい
団塊の世代　そんな教育の中で自分は育った
しかし
同じ国に生まれ言葉も習慣も同じなのに
育った時代や受けた教育がわずかに前後するだけで
こうも生き方や価値観が違うものだろうか
長い間　正論として来た事を今　口にすれば
逆説とも受け取られかねない　経験がものを言わない
年の功という言葉は今や死語となった
しかし

生きものは生まれた瞬間に死も確定する
それは人間だけが知っている理である
唯　まわりに誰一人として体験した者がいない
そこに油断がある
今のこの生活がいつまでも続くかのような暗示を
自らに掛けてしまっている
今夕も明朝も生きているはずという錯覚がある
しかし
確定が決定になる前に前の世代から受け継いだ真実を
しっかり次の世代に伝えたい
前の世代がおこした失敗を包み隠さず次の世代に教えたい
それが我々世代の務めのような気がする

子すずめ

私と話をしてくれませんか
私と話をしてくれませんか

難しい話なんかではなく
たわいもない事を
次の瞬間にはケロッと忘れているような
「今日は風がきもちいいですねえ」

駆け引きも　お世辞も　見栄もなく
嘘ばっかりの作り話でも
いいではありませんか
一瞬でも充たされた気持ちになれば
「私　世界一の幸せ者です」

何のために生まれて来たのか
生きることの意味はあったのか
そんな話はどうでもいい
私と話をしてくれませんか
私と話をしてくれませんか

今　この掌の中にいるアナタとではなく
うちの猫に銜えられて来る前のアナタと

毎日

一枚の半紙を前に
墨をすり
筆を浸ける

余白の大切さ　美しさを意識
筆はこび　緩急
墨の濃淡のバランス
画数の多い字は広がりやすい
丁寧にゆっくりと

むかし通っていた
あの書道教室
教わったのは上達のためではなく
毎日を投影するため
毎日を豊かにするため

模倣《もほう》の言葉

玉田千津子

いつ気づいたことなのかこの歳になって
でもその言葉　ほんとの真実でもある
皮を剥いて栗の甘さを求め
求めていたことの愛おしさ
充たされた温もり
模倣の言葉のなかに
隠れた根源に驚き
深みに我を投じる
バイオリンの音色にもにた
その風の音は
タクトに操られ
それぞれの楽器に宿るように
モネの水のなかに自分を
映しだし　浸るときのように

もの忘れの日ざしのように
過ぎる想いをそこに記す
風が木をゆらす
木々の音色は違っていて
五線譜をたどる風は
それぞれの音を奏でながら
流れてゆく

（「宮日文芸」２０１９）

絹のブラウス

虫干にあんなことこんなこと想いだす
かいこが桑の葉もそもそ食って
何を考えているのだろう
吐き出す糸がつややかな光沢を
纏い
しっとりした肌にまつわる

心地よさ
かいこが桑の葉もそもそ食って
こんなにもいとしいマフラーを
纏えば
優雅な心にもなれる
笑顔になれる
初めて買った絹のブラウスのこと
かいこが桑の葉もそもそ食って
絹の着物　鹿ノ子の帯揚げ
絞りの羽織　刺繍の衿すこし立て
茶会で緑の泡吸い切る
かいこが桑の葉もそもそ食って
戦後七十年　箪笥のナフタリンに
埋もれていた虫干に
あんなことこんなこと想いだし
ロマンの海に漕ぎだしてゆく

（「宮日文芸」２０１７）

心

わたしの心を入れた皮袋よ
生まれたときから
いまもうれしいときは軽い心
いつもどんなときも
わたしの皮袋は受け入れてくれる
強情っぱり出ていけ
優しく丸くなりたいわたしの
皮袋のなかで
ワインを燻蒸《くんじょう》する
暖炉の炎が
指を染める
忘れたいことが忘れられないで
追いかける
そんなときははやく
皮袋のなかにおはいり

（「宮日文芸」２０１９）

夜みちの光線

玉田一陽

夜景の点滅　一室の小さな空の星　ときどきそうなくらい淡い
消滅しそうなくらいとおい感情の場所　光のとおく視線の出
来事が夜みちを照らしわずかな周囲を小さく灯すとき　その
寒さは尋常もなくとおい道程《みちのり》になる　「よい魂になること」が
最上の技法　ネガフィルムを焼き付けてゆく空の光線はひと
のこころに透きとおる透明体となり　やがて光と影の無言の
場所となる　待つ時間は待っている時間のなかに微かな雲間
の光線を焼きつけてゆく　人の背中が過ぎてゆく　女や子ど
もはその道を辿りやがて雲の割れ目から差しこむ光線の時間
を掌を翳して渡ろうとしている　微かな隙間の光線に現れた
生者の影となり　遥かな残影を雲の隙間に刻印している　夜
みちにひとつの電灯が点りはじめるころ　一本の夜みちが白
くなるころ　その影はうしろ側にまわってゆく　淡い消滅の
光線となって

車輪の酩酊《めいてい》

どれも　これも　名づけゆくことの　名づけ
ゆく行為の　ただ　ただ　なつかしく国語の
断層につたえ入るばかりの人がいた　徴用後
ボロ鉄を掻き集め錆びついたカネを腹に巻い
て　見知らぬ語尾と酩酊の車輪が　陽射しの
どこかで辿っていった異趣　今日　ことばを
軋ませる架橋の　あの連続した朝焼けに　い
っせいに渡ってゆく果林のはての　はげ山ば
かりを　打つ　うねりのなかで　泳ぎ切るこ
とばかりが　何故か　寝返りを打っている
もう　その日ざしを漕いでいた　そのさびし
さは　伝わらないし　ひかりの涯の海を　い
っせいに漂うばかりで　草叢《くさむら》の道がしずかに
故郷に沿って　かぜに打たれている　残余の
わずかな空を嗅ぐその季節の　かぜの匂いに
なって靡いてゆく

振り子の時間

振り子が振れて時を刻む　刻がもののなかに内包されるとき　コップのなかの時間が弧をえがく　水平線の空気層のあたりで白いクルーズ船の航跡を見つけだす　独り暮らしのばあちゃんのことが突然頭を過り　鍋底にいる詩人が真夜中の雨音を聴いてどこまでも自己の病にとり憑かれた呑気者となる　心臓の音のする病室では　嗚呼　朝靄のなかを糸の切れた風船がしずかに流れていった　やっぱり窓辺の風景は時間だけが静かに動いてゆく　小学生たちが田んぼの縁を音もなく通っていくよ　何気なく外の方に気づくと　振り子の左側の丘に　ことばのなかのことばのように　雨音の連続してゆく海のむこう側に　翼のたたまれた妻がいたという男の　肩に落ちてくる夜気の　蛍光灯のつづくいつもしずかで明るい廊下の帳の先に　何もないと思っている男がいる　遊牧民が脚をとめた夕焼けは　いつまでもつづく振り子の音がしていて　一ドル札の瞳が見つめている　過去の時間《とき》も　甦りくる右側の丘の夕陽に　かたむく時間も　振り子の真ん中で　その宙《そら》の重力は風になり　林檎の木を揺らしていたよ

あおい一滴の水

午前二時のころ　あおい水の　一滴の時間のなかを　水泡の静に震えゆく　その冷たさの　遥か下方の夕暮れを海へとつづく丘へ　一本の鐘の音が　しずかに降りてゆく　佇む夕陽の鐘の音を静かに打ち鳴らして　回廊の石柱は　遠くに潮騒を置いている　ここにも　時間は守られたまま　全てのものは　いろ失せてゆく時の流れにあって　月ののぼりきて　月光の漏れいる海辺は遥か遠くへ退き　白き砂に打ち返している遥かな先の波頭を思い描いている　潜み残りし　海の道へとくだるところへ少年が銅貨を売りに　やって来た　なべて梟《ふくろう》の森のアレクサンドリアの海風にのって　少年の掌には盗掘の貨幣が密《ひそ》みおかれ　滴り落ちる月の雫は　ほそい幕屋の闇をとおり抜け　蒼く浮かびあがる　この大理石の歩道に転げだしていった　静かなコインの音を残して　一雫の滴りのなかへ　遠き海の渚へと　あおい一滴の水が響きなす小さな水瓶のなかへと

切れ目

谷元益男

水の中に
薄いひかりの　被膜がゆらいでいる
いつ落ちたのか
留まっては流されていく
水音は遠くに離れ
風の気配だけが
そこに座っている

水面から突き出た石が
言葉をかわしたときの声で
涙をながしながら
手を差し伸べて　拭う
小魚が
尾を振って　横顔に

ささやかな波を起こす

この浅瀬に
足首をつけ　ふたたび
立つことを躊躇《ためら》っている
暗い年に
流されて行った　あなたの
真上に　一枚の若葉が
ひらりと　落ちた

目で追う　石のかたち
震えるひかりのなかで
生きていた時の声が
石の周りに沈んでいる
声の渦が弧を描く先に
あなたの落ちていく
切れ目が
ある

藁

ある時　腐りかけたムシロを
はがすと　その下に
生まれたばかりのネズミが
折り重なって死んでいた
数年前
亡くなった祖母が
つかまえ損ねたもののつながりだ

住んでいた家は
仏壇ごと遠くへ流され
向きをかえ　湿地に
うちあげられた
そこにもネズミの声が染みつき
流された位牌をかじっている

屋敷跡に
肌色の子が頭をもたげ
土から生えた指のように
手招きをしている
先に逝ったものが
呼び戻されて
うごめいている

ひとは亡くなると
湿ったワラの中で
年をとっていく
ほそくつながれた
人の世は
ムシロの裏にある

（詩集『滑車』より）

木机

谷口順子

この木机の上では
いつも解放感で
満ちていなければならない

この木机の上では
どんなに　落胆したときでも
真っ直ぐな心で
向き合わなければならない

この木机の上では
希望に向かう
未来を描いて
心を奮い立たせなければならない

汗と泥の沁み込んだ
三番醤油で煮つめたような色の
作業服になった肌着には
肩から背中へ
いくつもの穴が空いていた
まるでボロ布のようなシャツ
そんな衣服も捨てず
大切に身にまとった

戦地から
ようやく辿り着いた故郷《ふるさと》で
三つ鍬《ぐわ》の先に　全身の力と魂を
一振り
一振り
大地に突き刺しては
松の大木の切り株を掘り起こし
畑にした

「父ちゃん。机が欲しい」

高校に行きたいからと
己が望みだけを口にした

それから
三月《みつき》たち　十月《とつき》たち
忘れかけていた　ある日
学校からもどると
部屋じゅうに　木の香おりと
塗りたてのニスの匂い
部屋の端に
この木机が置かれていた
日に焼けた父の　満面の笑顔

この木机の上では
どんなときでも
解放感に満ちていなければならない

（『みやざきの文学　２０１８』）

氷山

沈め
沈め
沈みたいときは
とことん
沈め
だれの目にも触れないように
深く
海の底までも

海の底に沈んだら
また
もどってくればいい
ぽっかり顔を出して
お月さまに
ほほえめばいい

一輪の花

田中 フサ子

花の香りに誘われて集う鳥
愛でられ　丸い大きな実を結び
至福の営み繰り返してきた
根を下ろして　幾年
やがて立っているのも儘《まま》ならず
支え木に　ゆったり横たわる

暑　雨　風雪
いつしか幹は　傷だらけになった
老木に　寄り添う鳥たち
空洞に芽生えた南天　百両　藪柑子《やぶこうじ》
共棲《きょうせい》の友を育む

黙《もだ》す老梅の

いのち尽くして咲かせた　清楚な一輪
温もりと愛おしさに　そおーと触れる
この先も関わり続けたくて
芽吹く若葉　心待ちに……

（「宮日文芸」２０１６）

手編みのチョッキ

洗濯する度少しずつ縮み
小さくなった手編みのチョッキ
腕を通し　頭を入れ　身を捩《よじ》りながら
着る様子を何度となく見ていた

グレーのチョッキが無い　確かここに
探しさがし　別色を交互に着ている
言い出せずにいると　暫くして聞いてきた
編み返すにはどうにもならない状態だった

「処分」したよ　軽く答えた
着るときは難儀なようでもピチッとして
温《ぬく》かったのに……　とても残念そうに
「お前が編んだのだから仕方がないか」
そう云われるとズキッ　しまった！
大切に着ていてくれたのに　後の祭り

久しぶりに編み棒手に　ご希望の色は黒
お気に入りのアフガン編みのチョッキ
嬉しそうに早速着てくれた　つぎは
ちらちらと思うあの色にしましょうか？

（「宮日文芸」2018）

道しるべ

煌煌《こうこう》と点る一室　音が声が遠のいてゆく
ふたたび……

この世に生まれ幾年月
僕の中に君は突然現れ居座って
潤滑油注してもさしてもぎすぎす軋み
壊れてゆく蝶番《ちょうつがい》
僕は悶悶《もんもん》とやり過ごすしか術がない
ある日友が運んでくれた希望
とは裏腹に不安と勇気との葛藤の中
枝折る

辺り一面さくら色
馬酔木《あせび》の白い可憐な小粒の花鈴生りに
幹枝《みきえだ》にびっしり蘇芳《すおう》の紫の花
えびね　胡蝶花野の花までも
出迎えの気吹き　何もかもが新鮮で
心と体　生き心地のいいわが家
はだしで土の感触確かめるべく着地まで

（「宮日文芸」２０２１）

木の命

田中虎夫

窓の向こうは　白雪舞って
梵鐘《ぼんしょう》の響き澄み切ってとどく
かじかみながら薪組み合わせ
火をつけると穏やかな炎が
青く白く赤く和《にこ》やかな顔覗かせて
舞い始める
柔らかな温もりふんわり施《ほどこ》し
燃え盛る炎に押され
宙にただよい　淡く消えて行く
木の命　いただく暖炉
太い柱　大きな梁《はり》や桁《けた》の心まで暖め
身に染む夜明け　熱《ほとぼ》り残す
土に生え大地に育った木の命
二度目の命　この家に芽生え育ち

世紀を超えて　なお悠然と生きている
樹々に舞う雪　ただようけむり
きょうはもう　雨水《うすい》
春風が忍び足で街や里を横切って行く
造化の神　宿した久遠《くおん》のいのち

（「宮日文芸」２０２１）

彼岸の花

待っていたかのように　茎がすっくと伸びて
花をつけ始めている
目を閉じると幼い頃の　あの娘《こ》の姿が蘇る
彼岸花の首飾り装い　柔和《やわらか》な微笑み添えて
クラス花壇の花が　教室とあの娘を鮮明に染めて
愛おしさ滲《にじ》ませ　賑やいだ

田んぼのあぜ道で　道の傍らで　集落の小径で
みせる妖艶な赤い色は　私の心を
ざわざわと波立たせ　侘しさ募らせる
秋のとある日　あの娘の転校をクラス全員で見送った
天真爛漫なあの娘の頬に　ふと落とす一滴

近況伝える便りには　転校と戦後の厳しい環境にも
前向きで温もりがあった
半世紀経《へ》た　同窓会名簿には逝去の記が
彼岸花は　みのりの季節を告げ
ひととき　その色彩を強調させ
いつの間にかふと消えていく

（「宮日文芸」２０１８）

木の実

木の葉が風に舞うころ

冬木立の大地に落ちた木の実
落ち葉と一緒に北風にさらされ
冬ざれの厳しい寒さに耐えていた
木の実は野鳥が拾って口にした

時を経てまた大地に落とされた
北風と寒さは一層厳しくなった
落ち葉の布団にもぐり
ふんわり温もり眠り込んだ
眠っている間に寒季は過ぎ
覚めると大地は暖かかった
周りにも芽覚《めざ》めがあった
木の実は黙って　ただただ黙って
大地にしっかり根を下ろしつづけた
四季の移ろい幾多をかさね
浮世の盛衰《せいすい》にも風雪にも凛としてめげず
いつしか久遠《くおん》の営み宿して
木の香漂う大木（大樹）となっていた

（「宮日文芸」２０１３）

光の春

田中孝江

冷たい風が
連れて来た大勢の光の子供達を
山茶花の　ひと葉ひと葉に宿らせて
皆さん春が来ましたよと知らせている

咲き始めたピンクの花を啄んでいる鵯《ひよどり》
鳩が来る　雀の子等も出入りする
葉群《はむれ》は　それらを
柔らかく受け入れて光り続けている

今朝　久し振りの降霜に驚いて
震えあがっていたが　それも僅かの間
明るくなった空と
光りながら対話している葉群

みて　みて　あそこ
空が指差す地表では
青みはじめた芝庭に
二歳の慶太君と幸太君が
光に　まみれて　たわむれている

（「宮日文芸」２０２０）

空《うつ》蟬《せみ》

プラスチックの小さな箱の中に
かれこれ七年生きつづけている
箱を揺すれば乾いた声で
カラカラカラ答えてくれる
透き通った丸い目玉は飛び出たまま
はるかな思い出を　たぐっている

背中の割れる痛みに堪えて
送り出した新しい生命
元気に巣立っていった者への
行く末の幸を念じつつ
空蟬は腰を曲げ足を曲げ
木に　しがみついたままの姿で
箱の中に薄茶色に透明に
眼を光らせて生き続けている

（「宮日文芸」２０２０）

額あじさい

中心の淡い青紫の花の固まりは

まるで米粒を寄せたよう　それを
淡い赤紫の親指程の大きさの花が
四方から取り囲んでいる
子供を守っている親のように

ひとつの花は　ひとつの家族
花の群れは　ひとつの団地
風が吹けば団地ごと揺れて
どの家からも
はしゃいだ子供の声　笑う親の声

妹が手の平程の苗を持参してから
二十年は経っているだろう
縦横二メートルの株に育ち
庭の真ん中に　でんと腰を据えて
梅雨空の下を明るくしている

安否を気遣って電話をくれた
妹の明るい声に花群が又揺れた

（「宮日文芸」２０２０）

そのとき

田中詮三

形あるものは壊れ
慈悲に満ちた胸骨も
頑固だった肩胛骨も
白磁のように滑り落ちる

粉々に砕け液化する
熱を帯び気化するのもある
手の先に絡むものを
無心に手繰り寄せる

拒否しつづけたものを
すべてを悩みの受け皿に入れ
融かすのだ
そのとき白磁の底から光がこぼれる

いままで知らないか
想像のつかないことが起こるだろう
形あるものもないものも最後のうてなに
登ってこぼれる一滴を掌に受けよう

人類にとってうてなは慈悲深いか
幸せにするか
問いに驚き
白磁のように壊れたのだ

そのとき詩人の指は薔薇の棘で
真っ赤に染まりながら
呻吟《しんぎん》の底から
ふたたび人類は辛くはないかと叫ぶ

そのとき最後通告が
胸の近くまで矢のように伸び
決して優柔不断を許さない
固い意志で進んでくる

（「遍歴」72　２０１９）

魚が跳んだ

世界がウイルスと斗《たたか》う重圧のなかに
水平線は遠くで光っていた
海面は張っており　前面の突堤の赤い燈台と
閉店の貼り紙のあるレストランの駐車場は
一直線に結ばれている

ぼくと妻は重圧につぶれないよう　軽い運動に出かけ
車窓から赤い燈台を見詰めている
これまで歩いてきた道程が無為だったのか
豊かに終わりつつあるのかこれからどうか
向き合っている一点と思しい彼方に屹立《きつりつ》する岩窟《がんくつ》が現れた

幻視《げんし》が起こっていた
二人はその洞穴《どうけつ》を通らなければならない運命で
しかも荒い波が打ちあがっていた
幸いにも岩の裂目から陽が射し　彼方の水平線まで行けそうだ

潮が満ちてくるねとの声に
幻覚に惑わされていた海面が消え
鬼の洗たく板に波が打ち寄せている
そのとき満ちる海面に銀色の魚が跳んだ
海中のあつれきを逃れてか
思いきり跳んで自分の生きている状況を俯瞰《ふかん》したかったのか
次々と空中に身をゆだねる魚の群れを
二人はなぞが解けないまま　互いの内面を泡立たせている
魚の群れは満ちる張力を抜くように
銀色に光り次々に跳ねあがり
にぶい光とともに波間に消える

海面から盛んに飛びあがるのが
あつれきや俯瞰でなかったら
到達の悦びか再出発の雄叫びか
赤い燈台に灯が点るまでなぞは残ったが
引き揚げる岸辺は連帯と鎮魂の思いが絡み
明日へ生きる勇気が満ちてくる

（「遍歴」73　２０２０）

一緒に歩いた道 歩きたいね

田島廣子

遠くに続く道があるから
行きたいところに歩いていける
道が消えていたら
あなたにも　会えなかった

道の割れ目にも
鳥が種を落としたのか
一輪の花が咲いている

わたしが　べっぴんだったころ
岩国で明文さんに会って
今日は関之尾の滝で博文さんに会った
川に落ちそうになって手をつかもうとして
博文さんに明文さんと言い間違ったんや

おまえ　今　へんなこつ言うたな
おまえの手紙　錦江湾に沈めたよ
おまえんこつ　一生忘れんやろうなあ

携帯も　スマホもなかった時代
四時間待って　わたしはふるえていた
雪が激しくふりだして別れを告げたようだった

人生は雲のように流れていき
わたしは　七十四歳になった
　死ぬまでに会って死にたいね
一緒に歩いた道　もう一度歩きたいね

（「詩人会議」現代京都詩話会）

留置場大学を卒業するおっさんに

無事に終えて梅の咲く二月に帰って来てくれ
留置場暮らし十年　肩車した娘は十四歳
五十歳のキリリとした君は六十歳　還暦だ
会社の社長だったなんて言ってはいけない
プライドは捨て　おっさんでいい
君の魂が　正しい清々しい道へと導けば
親は　見捨てずに　見守るだろう

自然体で　普通のおっさんがいい
背伸びせずに　人を羨ましがらずがいい
ご飯と味噌汁と漬物があればいい
服は　きれいに洗濯してあればいい
屋根があって　布団があればいい
病気になったら　おしまい　大事がいい

コロナで倒産　解雇　自殺　退学
食べて　生き延びるのにバイトに走る
その中に　君は飛び込み生きねばならない
頼れるのは親がくれたこの身体と心だけ
泣きたいときは　恥じらいもなく泣けばいい
嬉しいときは　木を揺らすくらい笑えばいい
雑草を揺らす風　鳥のさえずりを聴けばいい

泣いた涙だけ　太陽を見つめればいい
美しく　輝き光る　星を見つめればいい
心が　きれいになって溶けていく　しあわせ
しあわせと　言える日が来ればいい

（関西詩人協会「ＰＯ」「合唱」）

農場

杉谷昭人

農場の正面ゲートにかんぬきが下りて
そして誰もいなくなった
農場は無人となった
三百頭ほどいた牛たちもみな殺処分されてしまった
最後の農夫の姿が道の果てに消えたとき
ゲート脇の枇杷の葉が落ちた
空中で一度だけかるく裏返って
そのまま地面に落ちた
そのとき農場を過ぎる風の量がとつぜんふえた
枇杷の葉がざわざわと鳴って
まるで三百頭すべての牛たちが
いっせいに牛舎から駆け出したようであった
おのれの〈死〉に向かって一直線に
それほど確かな足取りで

五月の風は農場を吹きすぎていった

（詩集『農場』より ２０１３）

夏の終わり

夕方、雀が一声啼いた
そのあとはもう何も聞こえなかった
夕暮れがさらに深くなって
庭石を湿らせていたわずかな雨も
いつのまにか見えなくなった
五葉松の盆栽の影だけがしろく浮かびあがり
一瞬、くっきりと深山の輪郭を描いて
それから本当の闇が来た
垣の外に人の遠去かる気配がした
ごくありふれた息遣いであった
村の誰かではない
村の誰でもない

さらに遠い昔の足音のようであった
手にした如雨露《じょうろ》の感覚が冷たくよみがえり
夕餉を告げる妻の声がした
いや、妻の声ではなかった
妻は五年もまえに亡くなっているのだ
もう一度、遠慮がちな声がした
しかしやはり聞き覚えのある声であった
村の男たちもそれぞれに記憶している
あの日常の充足感……
明日の夕暮れはいっそう早くなり
畑の土はさらにしろく荒《すさ》んでいくことだろう
闇のなかから異国の銃声が聞こえてくる
そういう日もあるだろう
そのおぞましさを恨みながらも
よみがえってくるものはすべて懐かしかった

（「詩人会議」八月号　２０２１）

湧水公園

ぷく、と水の弾ける音がして
水面はまたしずかになった
山毛欅《ぶな》の樹が黄色く小さな花をひろげて
そのままのかたちで水の上に映っているのだ
そんなはずはないのだが
その沈黙が私たちを惑わせるのだ
もう一度　水の跳ねる音がして
そこから日暮れがきた
水の上に一面の静けさがただよい
私たちふたりの影も手を取りあって
そのままの形で水源の闇に沈んでいった

〈阿蘇往環 四〉

（詩集『十年ののちに』より）

宙《そら》

須河信子

ミットを構える
ピッチャーが大きく腕を振りかぶる
土にまみれた茶色の球がミットに飛び込んでくる
ズン!
いい手ごたえだ
バッターは身動きできないでいる

梅雨の初めのグランドを取り囲む草がキラキラ輝いている
あれは何だろう
考えながらボールをピッチャーに投げ返す
もう一球ストレートで様子を見よう
サインを送る　ピッチャーが頷く
その時
ピッチャーの首筋に輝くものが見えた

汗だ
そうか草に光るものは汗だったのか
先輩たちの流した汗　俺たちの流す汗
草の根元に見え隠れしているものは声だ
激励する声　歓喜する声　落胆する声
今はひっそりと身を隠して

やがて後輩たちも輝く草を見て
俺たちのことを思い出してくれるのだろうか
その頃には
白い球を投げていたい
きっと白い球は
宙に溶けていくに違いない

チームのみんなの思いを抱いて
飛んでいけ白い球
俺のこの時間を抱いて飛んでいけ
俺はその時を夢見て宙のずっと奥を見上げる
右手の人差し指がピクリと動く

朝《あさ》貌《がお》

鋭く透明な輝きと
地球に絡みつく赤い蛇と
海溝に潜む青い吐息
ワガママな　がらくたたちを
両手にあふれるほど抱えている

錯覚に守られた命は
宇宙の与える無から生へ
地底に滲みゆく死へと形状を変える

うつろいの中で
どれほどの唇が開き
どれほどの唇が閉じたのか
栞が多すぎてページを探ることができない

歩いた果ての迷いの中で唯一手に入れた
涙の形をした青いカプセル
白く小さなヒトデと星の砂を閉じ込める

人差し指と親指で挟み振ってみる
「アイシテル」と「サヨウナラ」が
ぶつかりあいながら悲鳴をあげ
やがて静かな諦めがカプセルに満ちる

イタリアンの店でメキシカンを注文し
プレスリーを聞きながら冷たい水を貰う
カプセルを一気に飲み込み
私は次の季節に立つ朝貌になる

変奏の夏の夜

陣ノ下　さとし

今年も桜が見事に咲いた
ただ仲間や家族との花見の宴はできなかった
去年もコロナパンデミックに加え台風や大洪水にみまわれ
多くの人命が犠牲となり家屋や道路などが壊滅的な被害を受けた
今年も同じだ

自然はみずから浪費の限りを尽くしボロボロに破れ果てもするが
その後には必ずまたいっそう美しい膨大な再生を実現する
自然という生　生はいつも浪費者であるが
再生のエネルギーそのものでもあるのだ

この水惑星の大気圏《アトモスフィア》と地圏《ジオスフィア》のはざまの生物圏《バイオスフィア》にみせる
壮大なスペクタクルドラマ――生――
気の遠くなるような悠久の生物圏《バイオスフィア》には退化や進化という

緩やかな誰もが得心する変化は身近に実在してきた
ところがいまだかつて決して見られなかった生の変質を
日常いたるところで目のあたりにする
昨日も今日も　たぶん明日も
今や世界中の生のドラマに変奏の気配あり　ダ
さて　はて
生の実在の舞台　生物圏《バイオスフィア》の無事はいつまで担保されるのだろう
稲刈りを終えた後の小道に佇み
夏の夜空の深みをはるかに窺《うかが》って　イル

夏祭りの少女

東北地方のとある小さな町の夏の夜祭り
その少女の纏うあでやかな祭り衣裳は初々しく
ひときわ夜の光に映えていた
笑顔で社中の仲間と手踊りを披露する少女
その姿に魅了されたひとりの素人カメラマン

彼は無心にシャッターを切った
その写真に我ながら満足した彼は
この祭りの写真コンテストに応募した
後日思いがけずも「最高賞」の内示を受けた
ところが一転
彼は主催者から受賞の辞退を求められた
それは祭りの十日後に写真の少女に起きた悲劇が
「賞の趣旨になじまない」との理由だ

夏が終わり二学期の始業式の翌日
豁然《かつぜん》と開けた田園を貫く在来線の列車に
少女は乙女の愉しいはずの日々と未来を
その身とともに投げた
教育委員会は「いじめがあったことが濃厚」
との見解を示した

虚飾にも似た無機質で渇いた繁栄のなか
不可視の態度や言葉の悪意が
近年の学校には隠然として存在し

それは「むごい病」のようなものだ
日々誰かを苛《さいな》み　若い魂がもてあそばれる
しかしながら多くの悲劇は日々希釈され
次第に風化しやがて忘却されてゆく
少女の死は広く全国のひとびとに悼《いた》まれた
けれどこの哀傷の少女もまた
かの線路の日常にひっそりと取り残され
いずれ人々から忘れ去られるのであろうか

ただ夏が逝くころになると
無念の魂が　かの枕木のあたりから
白くか細い哀訴《あいそ》の手を伸ばしてはいないか
しゅうしゅうと少女の鬼哭《きこく》の声が
線路の脇から聞こえはしないか

ふくら雀の唄

新藤涼子

アナタハ
モット
フコウニ
ナリナサイ
ソウスレバ
イイ詩ガ
カケマス
ヨ

脳に住みついた　この言葉

フコウニナリナサイ！
フコウニナリナサイ！
フコウニナリナサイ！

このようにおっしゃった新川和江さんが
病で倒れられたとき
入院先からお電話を頂いた
「わたしのようにエピソードが少ない人間は
すぐに忘れられてしまうわね」
お声が聞けたのでほっとしたものの
最近では
「わたし　長生きするような気がするの」
昔のように
張りのあるお声なので　一安心……
おしゃれな新川さんは
入院先を明かされない
意気軒昂としていらっしゃる
わたしはこのコロナ騒ぎで
この一年間
外に出ないで歩かずにいたところ
背骨がまがってヨロヨロになってしまった
「大丈夫？」と

友人から電話がきて
「ヨチヨチになってしまった」
と報告すると
「ふくら雀のおばあさん」という詩の
ヒロインになってしまった
挿絵がかわいいので気に入ってはいるが
ふっくらとした胴体に
細い手足で歩こうとすると
ヨチヨチ　ヨロヨロ　なのである
けれど
いっこうに死ねそうもない気がしている
新川和江さんのように
功成り名を遂げている方と
わたしとでは大違いなのだが
フコウにはなれないうちに
わたしは
やがて死ぬ

太陽が寝に行くとき

しにたくないのなら
いきるしかないのだが
あしたのため
ねむるしかないのよ　と
だれもが　いう

青島

じん　ぐんよう

あなたが咳ひとつしただけで
東の空が乱れる
あなたの吐息が乱れただけで
波立っている海
豊玉姫よ　あなたの永遠の時間が滞留したまま
いつも今日が始まる

永遠の今日
水底から湧き上がってくる
いろこの宮の水甕《みずがめ》のつぶやきが泡立つ
漂着したうたびとの哀しみが波状岩を走る
真昼　渺茫《びょうぼう》と湾曲していく渚に
遥か水平の彼方から
釣針を拾った少年が上がってくる

（「龍舌蘭」二〇二号　2021）

ひぐらし

ひぐらしがいっせいに鳴きはじめた
まだ　日は丘の稜線の上にあり
地霊のように日をひきのばしている
林の蔭はしだいに深くなってゆくが
沈黙することが祈りではない
いのちをひびかせることで
雷雲を呼んでいるのだ

ひぐらしはせきをきって鳴く
そのひびきは怒りにふるえる弾痕
死者たちへのいとしい挽歌
生きて在る者への哀傷
清冽にひびかせている

きのう

一人の少年が羊の群れをつれて
林の奥から無言で硝煙漂う瓦礫の村を通り抜けた
日が少年の胸をあかあかと染めあげ
その上にぼくの記憶が灰のように降った

きょう
世界は一本の導火線につながれて
夕焼は　なお赤く焼かれている

（「龍舌蘭」一九二号 2016）

八月の蟬

微睡《まどろみ》とも昏睡ともつかない盲目の日々
柔らかな土の匂いに時々目覚めた
だが閉ざれた空洞は時間の重さだった
晴れた朝
背にむず痒さを感じ張りついた殻を少しだけ揺すってみた
触角を掠《かす》めて淡い光が虹のように身を覆うた

樹の葉擦れがふと竹笛の音色に思えた
雨の日　空洞は雫で満たされた
乾ききった喉もとが少しゆるんで
湿った絃の音色が悲しげに余韻をひいた

真昼　蒼天はゆるやかな風を妊んでいた
ちぢれたみず色の羽を静かにひろげ
大気を呼吸すると羽の葉脈が風を纏った
山里は産声に包まれ
はじめての悲しい食欲に樹液は滲んだ
それでも短かすぎる夏は訝《いぶか》し気に過ぎた

永い人間の戦が終わり　焼け焦がされた
褐色の身を仰向けに炎天に曝した
白蘭の葉裏にひっそりとしがみついていた
かたみの空蟬《うつせみ》

（「龍舌蘭」一九九号　２０１９）

杉の葉

下永玲子

道路を挟んで北側に杉林がある
北風の強い日は
枯れた杉の葉が庭一面に降ってくる
あなたは
「冬の恵みだ」「季節の贈りものだ」
と喜んで掻き集めては
風呂の焚き付けにしていた

二〇一一年三月一一日
あなたは集中治療室から
まぶしい光の中へ逝ってしまった
午後になり
東日本大震災発生
たくさんの理不尽な別れがあった

離別の形はさまざま
侘しさが体に滲み入る

三度目の冬が来た
今年もまた
庭に舞う杉の葉は
拾われることを
待っている

瞳

庭の青桐が
陽のぬくもりを浴びている
光をあつめている
枝の先の赤い芽は少しずつ葉を展げて
みどり色に変わってゆく
かわきを潤《うるお》すように

今日は春雨にぬれている

テレビを見ながらお茶をのむ
口にした好物が喉にひっかかった
紛争の地で父や母を見失った
飢えている子どもたちの裸の姿をみれば
心がはげしく動く

彼らの丸い大きな瞳が見据える先には

私の喉はつかえて
飲み込む術をしらない

わすれもの

庭一面に生い茂った草の中
こがね色した蟬の抜けがらを見つけた
背中に割れ目があるだけで
欠けた所もなく美しい

晴れたある日
近くに住む幼い孫が来た
軽く握った拳を開いて
「友ちゃんこれ」
「あっうめてあげようか」
「これぬけがらよ」
「ああ　ぬいだんだからそのうちとりにくる?」

椎葉山――平成十七年高千穂郷・椎葉山地域世界農業遺産認定を記念して――

椎葉定実

山はいつも　無言だが
尊い　歴史を　秘めている
山には　四季の折おりに
躍動する　命がみえる

山の命は　人びとに
皆のお役に立ちたいと
迎えにくるのを待っている

山のくらしは厳しいが
望みを　明日《あす》につなぐため
家族の対話が　熱をよぶ

九州の尾根　平家の郷
自然の力　湧き出ずる
五万町歩　椎葉山。

米寿

今日は　私の天国よ
うれしい　涙が　先に立つ
今日と言う日は　帰りやせぬ
これが　老後の　花じゃもの
野にも　山にも　子を産《も》ちおきやれ
万の蔵より　子が　宝
楽しい　月日を送るのも
なんのおかげか　子のおかげ

（母・椎葉ヨシの遺作より）

だれもが知るしべつ

櫻井　奏

握った手に力を込めてきた
聞こえない「がんばれ」が伝わる……
「じゃあまた明日」私を支えていた、
その温かな手が、肩が、瞳が、
鼓動を止めた十五時間後……
それは夏の風の声がした
水色に透き通った甘夏の香りとともに
揺るぎなく包み込む木洩れ日がさえぎられ
暗闇に落ちていく
小さくなっていく私　どこに行ったの
嘘だと思う　夢だと思う
声が出せない　目がくらむ
頭の中がもつれてる
何も聞こえなくなる……萎《しぼ》んでいく私

体の中にこんなにもあったのかと
証明するとめどない涙
シャワーに溶けていく私
小さくなっていく私
否定のない穏やかなゆりかごから
闇に放り出され　息ができない
自分を自分で抱きしめる
これからのいばらの道をどうしよう
闇の中をどう歩こう
どこにいるの　会いたい
小さくなっていく私
見えなくなる私
心細くなる私

ああ人知れず　手さぐりの始まりか
一筋の光を求めながら
悲しみと喜びと憂いの
トリコロールワルツのステップを踏む
喜びの順番がくる時まで

無関係な関係

それは何かのまちがいだろう
別にどうでもいい話だけれど

無関心なふりをして
「別に」といってるんじゃないのか

いいえ、そうじゃないよ
別に関心がないんだよ

それは何かのまちがいだろう
別になんとも思っちゃいない

素直になれない強がりを
「別に」で隠してるんじゃないのか

いいえ、強がってなんかいない

平気さ、別に大丈夫だよ
それは何かのまちがいだろう
大丈夫じゃないよね？
「大丈夫」はきっと君の「無理」

平気そうにふるまわないでと伝えても
「別に」と
素っ気なくいう君

「別に」って何？
何が「別に」どう「別に」なのか
スマホ調べても出てこないじゃないか
どうでもいい話だけれど、僕だって……
そんなの別に大丈夫だけれど……

はるそらに

碕山加奈

鼻から吸い込んだ空気は
胸のどのあたりまで届くのだろう
こんな明るい青空の下
浅い呼吸にせかされていた姉

急いで急いで　急いで
どこかへ出かけるための支度を
全身で整えようとしていた

びしょ濡れの服を着替えさせることも叶わないほど
体はもう姉のものではなかったのだ

たて続けに息を吐き息を吸い
いつ飛び立とうかと

頃合いを計るかのように
胸は波打っていた

雲ひとつない空だった
病棟の窓辺には
春が押し寄せていた
姉は思い切りベッドの端を蹴り
虚空へと身を投じた

青空に姉の波紋が広がったはずだ
大空の震えを鳥たちは聞いたはずだ

もう引き留める事は出来なかった
物音ひとつたてない体を残して
青い空は姉をむかえた
今しがたまで姉であった体は
全身涙におおわれていた

（「魂根」2号 2017）

朝焼け

山の稜線と電線の隙間から
太陽の触手が伸びて来る
大気は息を吹き込まれ
血管のように車が流れ始める

今日の朝陽を避難所から見つめる人がいる
生まれて初めて見る
絶望の淵から昇ってくる容赦ない光の触手だ
途方にくれる始まりの合図

またはあるところで
新しい命を授かった若い母親は
闇からの訪問者の産声を聞いた
腕の中に輝く朝陽を見る

せり上がる今日の光
私の瞳にも映る朝焼けがある
名も知らぬ異国の人から
受け継いだ右目の角膜は
十余年の役目を果たして再び
光を通さなくなりつつある
眩い光は視野を通り抜け
探している
かつての主を

すっかり陽が昇り
空の残り火も消えて
人々は朝の挨拶を交わす
私は今日という始まりの淵に

二人で立っている

（「魂根」8号　2020）

愛の子

興梠　マリア

誰にも訊くことのできない
四文字の言葉
あの時から半世紀も経っているのに
私の内奥で今もその言葉は
血を流し続けている

忘れられない視線だった
深緑のザラザラした市電の座席
着物姿のおばさん二人が
確信したようなひそひそ声
わたしの全身は冷たい炎に包まれた

あいのこ

それは聞いたことの無い言葉だった
聞いたことの無い言葉だったのに
優しさのひとかけらも無い言葉だった

あいのこ

忘れられない言葉だった
顎を相手の耳元に寄せて
二人の目は私を見つめて言う

あいのこ

自分たちとは違うと
冷たい目で私を見て
私の耳に届く

あいのこ

身体はこわばり固く手を握りしめた

十五歳の秋
私は「あいのこ」と呼ばれた
「あいのこ」ってなんですか
誰にも訊けなかった四文字は
抜けないナイフのように突き刺さった

この国に暮らし
七十歳を少し過ぎた秋
図書館の大きな辞典で探しあてた
あいのこ
異人種間の男女から出生した子

六歳から学び始めた日本語を呟いてみる
抑揚で意味の変わる言葉
雨と飴　橋と箸　足と葦　神と紙　藍と愛
あいのこ……愛の子

父と母は異人種でも私は愛の子

長い時間がかかったけれど
父と母の愛の子として生きた
愛の子の母を持つ娘たち
愛の子の血を受け継ぐ孫たち

世界が差別の無い
愛の子で溢れますように

（『みやざきの文学　２０２０』）

メトロノーム

小池　久

反復を始めた娘のメトロノーム
明るい陽射しも風が冷たい早春の日
すべてがゆるやかなリズムに包まれる
それは幼い頃の獅子威《ししおど》しだ

目を閉じると喧噪が消えた
筧《かけい》の水に包まれるように君に巡りあったこと
ローソクの炎のようにちょっぴり燃えるような
恋をしたこと
僕の乾いた喉をいつも潤してくれたこと
君と僕の半世紀の物語
はるか遠く幻にも思える空間が次々と浮かんでくる
君はコンパスの壊れた僕の船に乗らなければ

たくさんの倖せが待っていたに違いない
だけど言いたいのさ
君は僕の永遠の女神だよと
生まれ変わっても何度もプロポーズするよと

「お父さん」
空耳かな
少し眠ったらしい
メトロノームはまだ時を刻んでいる

淡　雪

ちらちらちらりと雪が舞う
幼な子の広げた手のひらは
キラキラ咲いた銀の花

この子の父さんもういない

きっと帰ると言ったのに
南の国の戦場でこの子を残して旅立った

草木はうっすらと雪化粧
赤く咲くのが寒椿
人恋花とも言うそうな
ちょっぴり涙で光っている

ちらちらちらり雪が舞う
あっちもこっちも雪が舞う
父なし子供に雪が舞う

ウイルス惑星

豚を埋めた牛も鶏も埋めた
今度は自分達が
まるで12*モンキーズ

マスク　マスク　マスク
ワクチン　ワクチン　ワクチン
アルファ株にデルタ株
見えているのに見てなくて
分かっているのに分からなくて
慌てふためき右往左往
歓喜の歌*が聞こえない

小雨も止んだ
雨宿りをしていた尺取り虫が
陽射しに向かって動き始めた

ゆっくりゆっくり
つんくじってひっぱって
つんくじってひっぱって

＊「12モンキーズ」＝一九九六年 アメリカ映画
＊「歓喜の歌」＝ベートヴェン 交響曲第九番

空

黒木　なみ江

地元の人たちは
いつからかそこを
空とよんでいた

見渡すかぎり
ススキが金色に輝き
遠くの尾根が高原を囲む

落葉が道の両端にはきよせられた
まがり道をゆっくり登っていくと
頭上にまあるい空が見えた

そこは尾根と土手にかこまれ
手を広げると

空を抱きかかえられそうだ

背丈よりのびたススキが突風にゆれ
葉のすれる音がざわめく
放牧された牛の鳴き声がする

足元のかれ草の中に
リンドウの花が咲いていて
真ん中の黄色のメシベが微笑んでいる

ススキのさわぐ音と
カウベルのように鳴るクヌギの葉が
空にむかって合奏している

どこまでも空はまるい
雲が動いている

（「小九州詩人会」会報NO４　２０１１）

雲が生まれる

ある夕方
三軒先の家から
煙がわき上がっている
火事かと思ったが
誰も騒いでいない

その家の向こうの家々の間からも
屋根の上から空にむかって
わきあがっていく
かぐや姫が天にむかうようで
天女たちもそのあとを追う

今日はまだ暗いうちから雨が降って
午後からカラリと晴れた
土に含まれた雨水が

いま蒸発しているのだろうか
もくもくわきあがっている

あちこちの家の間から
小さな雲が集まっている
そんなことなど誰も気づかず
夕食のにおいがしている
天女たちがあとを追っていく

（「小九州詩人会」会報NO31　２０１８）

黄砂

黒木敏孝

もう今ごろは
遠い蒙古《もうこ》の砂漠で呼び込む砂嵐
春嵐の吹くころ　風が呼び込む
そんな言葉が好きになります

春にあなたが吹くとおもいます
同位元素でないと融合しない
そんな言葉をです

今年もまた黄砂が空をおおっている
この空を一面におおいながら
海へと舞い降りようとしているのだ
天地創造　晴れ渡り　晴れ渡り

晴れたら酒でも飲んでさわごうぜ

さっきはそんなことを
つぶやいていたんだよね
詩のフレーズなんてきっとそんなふうに
ごく自然に消えて行くものかも知れないよ

紫色の空を薄く黄色に染めながら
東の空へと流れていく
おおいなるものをかたちづくっていたものが
その使命を終えて　小さな粒となって
東の空へと流れて行く

自然にてらいなんて無いんだよ
構えなんて無いんだ　おごりも無いんだ
黙って　ことは起こり　ことは終わる
深い自然の吐息が聞こえてくるように
ゆっくりと宇宙が回っている

変えたくなかった

憲法九条　変えたくなかった
変えたくないといって泣いていた
泣きながら森を駆けていくと川岸に友達が待っていた
そんな夢を二日続けて見る

僕たちは川岸の公園を駆けて行く
高架下の堤防を
歌ったり　踊ったり　ふざけたりしながら

振り返ると堤防沿いに飛行機が……
堤に埋め込まれた爆薬が向こうのほうから
つぎつぎに爆発している　機銃掃射の模擬練習だ

僕たちがいま走ってきた堤防沿いに
爆薬がたくさん埋められていたのだ

もしこの時代に僕たちが生きていたら
鉄兜をかぶった隣のおっちゃん
厚いくちびる　今にも語りかけてきそうな
やさしい目のおっちゃん
ぜんたいの表情がひらべったい土色で
お日様を正面に受けている

すっかり中年の隣組のおっちゃんが
鉄兜をかぶって
ひょろひょろひょろと出かけて行く
ばんざい　ばんざい　名誉の出征兵士
残される子どもたち

あっぷ　あっぷ　あっぷ
廊下*の奥に戦争が立っている

＊渡辺白泉句引用『戦争が廊下の奥に立っていた』

追悼　岡井仁子氏へ

慟《どう》哭《こく》

黒田　千穂美

梅雨は明けても雨は降り続いています
貴女が逝って十ヶ月経って、ようやく
息子様が帰って来なかったその日の
貴女の慟哭が身にしみて理解できるようになりました

こんなことがありましたね？
貴方のことが頭から離れずに
わたしは日程を調整して会いにいきました
そしてその日は息子様のお誕生日だったこと
母子の絆の
その結びの役割を果たしたことを誇りに思います

貴女が逝ったと知らされたのは
息子様の命日の前日でした

貴女がどんなに息子様との再会を待ち続けていたのか？
思い知らされた夜でした
息子様のご遺体が見つからなかったように
コロナ禍で貴女への葬いに加わることができなかった
それは遺されていくわたしへの
貴女からの最後の思いやりだったのでしょうか？

「砂漠に杭を打ち続けたい」そうおっしゃっていた
その砂漠は果たして不毛の地だったのでしょうか？
もしそうなら　わたしはこんな追悼詩など書いてはいないでしょうに

わたしはまた居場所を求めてさまよっています

そんなわたしのいる土地に　移り住んでくれた貴女に
思う存分優しくしてあげられなかったわたしを
どうか許してください

この地上でなら貴女はわたしをいつでも
約束なしで迎えてくれたでしょうに

誰とも話さなかったその日

降りそうな空の下で鳥は騒いでいる
雀なのか?　ひよどりなのか?
近づいて確かめようとするけど翼あるものには追いつけない
鳥は沈黙するということがあるのだろうか?
言いたかったことの半分も言えず黙り込むということが

池のほとりに立つと鯉が餌を求めくる
あげるものなど何もない
たたずむこと　誰も傷つけない
地球の自転にさえ従えないのに
自分を信じる確かさがふつふつと湧き上がってくる

もうすぐ夜がはじまる

帰りみちが街灯で幻のように浮かびあがる

終わらない区画整理
駅から延びる道はいまだ海には抜けないが
頬に触れる風を手繰り寄せれば海の匂いがする

両手を拡げこの風景を受け止めてみる

二度と生まれ変わりを望んだりはしない
この世の願いは死ぬまでに決着をつける
そして最後の一息を澄ませ　朽ちてゆく肉体が
煙となって雲と混じる頃　ようやく魂は辿り着く

嗚呼！
懐かしいふるさと
川の水が海とめぐり合う
水と水の出逢うところ

アクアスロン

くらやまこういち

スタートのホーンが鳴ると同時に
一斉に水しぶきを蹴散らして走る
膝が重くなる深さで
陸の軋轢《あつれき》から自分を解放するように
あるいは宝島でも目指す勢いで泳ぎ出す
頭や腕を蹴り蹴られながらもストロークに力を込める
750メートルのスイムを終えると
重い息でトランジションエリアへと砂を踏むように走る
そこでウエットスーツを脱ぐ間
後方の選手がつぎつぎ先へいく

この競技を始めたのは　五十を過ぎ
右手が不自由になる怪我をしてから
労りや同情の言葉はこころもちが悪く

背伸びをしても達成感を求めたのが動機
覚悟の上とは言えレースとなれば焦る
ようやくゴムの皮から脱皮すると
シューズに足を突っ込み10キロのラン
この二種目の競技がアクアスロンで
間に自転車を加えるのがトライアスロン

しばらくは沿道の声援に手を上げる
後半はその余裕もなく声援さえ苦痛になる
テレビカメラが乗ったバイクに先導され
先にスタートし　スイムの後40キロの自転車走で
風とも戦い風を起こしてきた　女子のトップ選手が
鍛えた息づかいで追い越していく
JAPANのウェアと　日に焼けた
トライアスリートの体が眩しく遠ざかる
抜かれる地点が年々早くなる現実
それでもゴールが近づくと　求めた達成感が全身を包み
僕はこころもち良く　密かなナルシストでいられた

（「詩人会議」五月号 2021 一部改稿）

年輪

すぐ前のトラックから
ぎっしりと積まれた丸太が
荷台の窮屈さも　下になるほどの重たさも
平気な顔の年輪を　こちらに向けている

直径三十センチほどの年輪は
半世紀近い一年一年の履歴書
幅の広いところは　すくすくと天候に恵まれ
幅が分からないほど　重なったところは逆で
育つことより生きることに根をふんばった証

市場へ向かうのか　その履歴書で
値段と行先がせり落されたのか
半世紀の時間たちが　初めてで最後に
輪の肩を組み合った姿で　今と　これからを
トラックに委ねている

（「龍舌蘭」二〇二号　2021　一部改稿）

気分のよさ

補修工事が終わった　黒光りする道路の
気分のよさが　不思議なのだ
もう片側交互通行に　イライラしなくて済むから
だけでも　なさそうで
まだ何の線もない解放感と　初体験のときめき
だけでも　なさそうで
旅客機のスクリーンで観た離陸寸前の滑走気分
だけでも　なさそうで
それでも　その一つが欠けても
この気分のよさは　なさそうで
それらがゆずり合いを繰り返すことも
気分のよさのようで

（「龍舌蘭」二〇二号　２０２１）

父と

菊永　謙

父と母が生まれ育った鹿児島を
父と旅したことがある

武家屋敷のある知覧
特攻平和会館のある知覧
深い霧とお茶畑の広がる知覧
菊永という地名と名前の人々の住む知覧へ
父と行った

知覧の町を流れる川を
橋から見下ろすと
さかながたくさん泳いでいた

次の日　母の育った川辺町を通り

吹上浜に行った
十八歳の父が
遠浅の浜辺に穴を掘り
爆薬をかかえて
敵の戦車に向き合う訓練を
五ヶ月したという吹上浜を
八十の父と歩いた

伊佐久国民学校裏の
深い竹林の兵舎にひそみ
敵機の若いパイロットの顔を
何度も見たよと　その日その場で
父は　ぽつりと話した

加世田の温泉宿で
父と酒を呑んだ

父は九十一歳で六月
ひっそりと亡くなった

（詩誌「みみずく」30号）

招き猫

おかあさん
世の中には
りっぱな猫がいるんだね
学校の帰り道に
甘味の喫茶店があるの
店先の台の上に
時々その店の
猫がすわっていてね
高校生の女の子たちが
かわいい　かわいいって
騒ぐんだよ
そして
ぞろぞろぞろぞろ
お店のなかへ入っていくんだよ
世の中には

りっぱなお仕事をしている
猫もいるんだね
それにくらべて
うちのキキやチーちゃんなんか
何か役に立っているのかなあ
ほほえんで聞いていたおかあさんが
昔から犬や猫は
飼い主に似るというでしょう
居間で　うとうとしている
おとうさんを見て
くすくす笑った

虚飾の祭典

河野　正

大変なことの始まり

壊れた商店街や神社の見える道を外して
復興したように見える道を選んで
ぎくしゃくと走る聖火

二〇一一年三月　大変なことが起こった
大震災と原発大事故

その年の一一月　東京五輪招致表明
その後の政権の暴走ぶり
原発大事故はアンダーコントロールなどと
大嘘ついた五輪誘致の狂騒

復興五輪の表看板を掲げると
安保法制の強行を皮切りに数を正義の傍若無人の政（まつりごと）

中国武漢で　大変なことが起こった
グローバルを逆手にとって
新型コロナウイルスは
忽《たちま》ち世界の隅々まで感染の拡大
あちこちでのパンデミック

二〇二〇年東京五輪の一年延期
「復興五輪」から「コロナに勝った証五輪」へと
掛け替えた看板の見苦しさ
ウイルスに打ち勝つどころか
世界のあちこちで死と向き合う苦しみがつづく
終息も見えない現状なのに
首都東京で強行する無謀ぶり
安全安心の呪文を唱えながら

神風ならぬワクチン頼みの

目に余る国政の無策と迷走
責任の所在も曖昧のままで
見切り発車の国の惨状

翻《ひるがえ》って五輪の歴史を繙《ひもと》けば
ナチスの国威発揚利用のベルリン
太平洋戦争へと暗転の幻の東京五輪
戦後復興の夢を叶えた東京五輪
高度成長のカンフル剤
テロの時代を暗示するような
忌わしい悲劇の五輪ミュンヘン
政治に振り回されたモスクワ五輪……

蔑視《べっし》した被災地も　程好く美談に脚色され
物申しても体よく黙殺される民意
五輪の名目で吸い上げ浪費される
血税や労力の使途の不明瞭さ
あくなき商業主義の横暴は
原爆の悲惨な災厄さえも誰かの虚飾の具にされる

確固たる理念を語ることもせず
人の命と五輪とを天秤に掛けて
政権もＩＯＣも商業主義もぐるになって
その価値観を有耶無耶《うやむや》にしての東京五輪のゴーサイン
リーダーにもとめるのは人間性なのに
皮相な虚飾工作や無責任ばかり
翻弄《ほんろう》され疲弊するのは
いつも現場スタッフとアスリートたち
虚飾の保持に費やされた
計り知れない無駄なエネルギー
命や人としての尊厳すらも
無意に奪われつづける不条理

始まった虚飾の祭典
アスリートたちの熱戦の煌めきと
興奮の刹那にもウイルスの拡大はつづく

大変なことだ

眠れる種子

狩峰隆希

夏草のしげみのなかを
一台のガチャポンが投棄されていた
褐色のクリアパネル内部に
たゆたう液体
それはアルコールで
一〇〇円を五枚投入し
ハンドルを回すと　一回につき
一二〇ミリリットル程
取出し口から流れでてくる

辺りのしげみを漁って
ひしゃげた紙コップを拾いあげ
わたしはそれを汲んだ
途中、かわいた指に

しぶきが飛んで
強烈に匂った
その水滴がまたたくまに
乾き　消えるのをみて
涙がこぼれてきた

昨日、サボテンが死んでしまった
学生の頃に蒔いた種子は
ついに芽をださなかったが
土のなか深くの死が
わたしにはわかったのだった

弔おう
そして　涙を流さなければならない
ガチャポンを幾度も回して
夏の日に杯をかかげて
弔おう　やがてくる夜のため
たった一つの
眠れる種子のため

すいかパン

すいかは三角にカットされるが
すいかパンは三角錐のかたちをしている
サランラップにくるまれてみちっと
マグロの赤身のように　つやを放っている

すいかは青果店で売られるが
すいかパンはパン屋
ブレッドナイフを上から押しつけると
薄桃色の果汁が滲みでてくる

夢のなかで
わたしは
いつかの通り魔だった
木製の柄のブレッドナイフ

片っ端から
通行人に切りかかると
彼らの傷口からは
おなじ薄桃色の果汁が滲みでていた

そうして
愛は傷つくすいかパンなのだと
気づき　目が覚めた後
わたしにもその傷跡がないかを探した

追われる

甲斐 知寿子

風に
煽られる
イラクサの葉裏の白さに
動揺する女
素早く
秘めやかに　いまが消える

フラッシュバック
それはダイヤモンドダスト
それは
アングルの「泉」の水の音
それは
クールベの「波」を破る
ダリの時計

張りついたフォトグラフ
追われて
追いつかれて
中天をさまようアルバム
気がつくと
街のなか
でも　許されない動画

匂う手紙

一秒で変容する夕焼けの
その真んなかで
崩れるような被写体が浮かぶ
紡ぎたくない
紡ぎたいと
便せんを食べている

夕日の射し込む部屋の奥

糸は
濡れたままのしつけ糸
あやまちのあやまちと
振りかえる広場
苛む時間
起きあがる時間
ことばが続く紙の重さ

ときが経てば紙魚
でも
鼓動が聴こえることばの山なみ
光が食い入るのは濃い影のせい
落ちていく雲のクロッキーに
投げ出される声音が
散乱する庭

森のどこかで

ひそんだ森から出られない
わたしの声は　光る朝がきても
身体のなかの憩室で
封鎖された声門の前で
語りつくせないと
語り続けた男の語りを
散らかしている

冴える森の冴える月
夜半に鳴く蟬
乱反射しながら
わたしの声は樹々のまにまを
一羽の鳥にもなれず
問うこともなく
向こうに行くでもなく
ただ　歩いている

伝言

甲斐千里

道端に落ちていた
カラスの羽根　一枚
ひろいあげると
小さな羽根は
おもったよりも　さらに軽く
やさしい重み

そうか
今朝
夜明けにむかって飛ぶとき
我が家の上で落としたのだ
羽根一枚ぶん　身軽になって
暁の　遠い空へ
旅立ったのだ

そのときの　懸命な
カラスの目がうかぶ
自分は　何のために飛んでいるのか
わかりたがって飛んでいる
そんな　カラスの目がうかぶ

今は　もう　さらに遠く
日は　とうに昇りきって
空の中
カラスはあいかわらず
東をめざして　飛びつづけている
誰にも邪魔されず
のびのびと
羽搏きながら
日暮れに昇ってくる
月に向かって

（初出「禾」２００６）

万華鏡

万華鏡から
一すじの光が出て
今は凪いでおだやかな池の中に
さし込んでゆく
光は　水中を照らしながら
池の底にとどくと
まわりを
ふんわりと照らした

又　あるとき
万華鏡から
一すじの光がこぼれ
夕暮れ時の晩春の野に
さし込んでゆく
光に照らされて

小さな花がふわりと咲いた
又　あるとき
ゆらり　万華鏡が傾いて
どっと光がこぼれ
小さな水たまりができた
自分の身体ぐらいの
水たまりの中で
蟻はおぼれていた

（初出「龍舌蘭」２０１１）

遥かなる砂の水音——中村 哲に——

小野 浩

あなたの瞳は赤ちゃんのようにやさしい
あなたの瞳はイヌワシのように鋭い

目覚めると冬空に朝陽が昇ろうとしている
遥かの空から我が家の庭に微かな風が声を運ぶ
ああ　あれはあなたの声なのか

アフガニスタン
熱砂の砂漠は容易に人を寄せ付けない
あなたは凛と立つ一つの啓示のようにそこに身を置いた

カンベリ砂漠を畑にする？
あなたの言葉に周りが嗤《わら》う

熱い言葉は彼らを変えた
笑顔でともに汗を流し
石ころだらけの大地に鶴嘴《つるはし》の音が響く

先の見えない日が続き着工から6年の時は流れた
マルワリード用水路は掘り進められ
最終地点までわずか
渇き切った用水路を太陽が照らす

翌日の午後
　よーし　水を流せ
あなたの声が響きわたる
堰を切ったように水があふれ出す
陽を受けて銀の流れとなり
歓声と拍手そして弾ける笑顔

昆虫が好きでやってきた異国での暮らし
難民キャンプでの医師やワーカーとの出会い
飢えや渇きを薬で治すことはできない

その哲学は「百の診療所より一本の用水路」
という行動となった

争いを止めるのは食料
人は食べることで穏やかになるはず
あなたは目を閉じて
渇いた大地に耳を当て
大地の声に耳を澄ました

時間は働く者の肌を通してたおやかに流れ
大地は優しく教えてくれた
私の中に恵みがあると

水路に水が流れた瞬間
あなたは子どもの顔をして
川を歩き出す
オイデヨ　の声に
ともに汗を流した仲間たちが続く

壮大な天の下　微かに風が吹いて
厚い防砂林の森は砂漠と人里とをくっきりと分け
大自然を前にあなたは静かに想う
「天、共に在り」
自然はしゃべらず　人を欺《あざむ》かない

だがある日あなたは凶弾に倒れた
悲しみにくれる人々に見送られ故郷へと帰ってきた
国王自ら担いだ棺と共に

困難があろうと続けることを支えた情熱と忍耐
あなたの生き方は多くの人の心に火をともした
志を持ち続け枯れなかった命

あなたの瞳は赤ちゃんのようにやさしい
あなたの瞳はイヌワシのように鋭い

（「プリズム第二次」3号）

甘い棘

乙木草士

いつの間にか　棘が刺さっていた
そのことに気づくまで　どれ位の時間がかかっただろう
漠然とした痛みを抱えながら　随分長い時が過ぎた
場所は特定できたが　どう取り出したものか
深く刺さってしまった小さな棘を取り出すためには
また別の痛みを生み出すだろう
一体その痛みに意味はあるのだろうか
いや待てよ　取り出す必要があるのか
この痛みは　あの頃の自分を思い出すための手掛かり
痛みを受け入れてみよう
そもそも　これは痛みなのか　なんだかくすぐったい
そうか　これがココロの在りかなのか
棘はココロの場所を特定してくれる
僕は見つけた棘をそっと包み込むように抱いた

痛みはサイン
痛みはささやき
痛みは大切な過去の証
棘はほんのりと温かい
追憶という名の砂糖菓子に変わった
それは　とても甘くて切ない棘だった

心配のポケット

僕の体の中にはポケットがある。
場所はわかっているのだが、中身を取り出せないでいる。
たまに気づけば、空の時もあるのだが、しばらくすると
後釜が青い顔で居座っている。
なんとか取り出そうとして、無駄な抵抗を続けてみたが
やればやるほど頑なにそこを動こうとしない。
そこでしばらく見ないふりをしていたが
見ないふりをすればするほど

それからポケットはパンパンに膨らんだ。
仕方がないから、中身をじっくり見ていると青い顔は僕だった。
青い顔をした中身が一生懸命、僕の事を心配していたんだ。
なんだか、とても愛しくなって
「追い出したりしないから安心しな」と声をかけてみた。
青い顔が少しだけ笑った様に見えた。

風の街

いつもの朝　そびえ立つ峡谷の様なメトロポリス
僕はコートの襟を立てて歩いてゆく
時折　体を持っていかれそうな突風が
お構いなしに吹き抜ける
ビル風はコンクリートの壁に当たりながら
幾重もの束になって集約されてゆく
そのエネルギーが　ちっぽけな僕の体を貫いてゆく
時には追い風で時には向かい風

なんだか遊ばれているようだ
その余韻で吹き溜まりでは落ち葉がロンドを舞っている
僕は襟元を押さえながら　風の街を歩く
そういえば　かつて街についた日も
こうしてビル風が吹いていた
思えば　僕にも今まで何度も風が吹いた
風が吹くたびに抗《あらが》ったり　隠れたり　でも抗えず
風に乗ってどこまでも進んだ
風よ　僕をどこかへ連れて行ってくれ
時にはそう思ったことがある
沈澱した魂を　こびりついた澱《おり》を
吹き飛ばしてくれないか
無風が続いた日々　そう思ったら
風はいつでも僕に向かって吹いてきた
時には遠く　海の向こうまで風が吹き
懐かしい街へも僕を運んでくれたっけ
そして風は再び　始まりの場所へ僕を戻してくれた
風だらけのこの街で
僕は今日も風を待っている

樹の下で

大西雄二

思い出す、二人とも若かった頃
樹の下に座り遠くの山を見たことを
話をすることもなく
ただ風景を見ることだけに一日費やした
いつか子どもが生まれ
子どもたちは大人になって
遠くの山の向こうに旅立つだろうと思った
長い間にはいろんなことがおこって
なかには生きていくうえで
辛いこともあったが
このようにしか生きてこれなかった
子どもたちもそれぞれの道を歩んでいる
何十年か経って
大きくなった樹の下に再びやって来て

枝をそっと揺らしてから
同じように樹の下に座り、山を見て
そのとき、振りかえって
二人の人生は、木の下で過ごした
ようだったと語り合えたらいいな

認知症の媼を診る

認知症の媼《おうな》を診察していると
私を息子と思って話している
年金を何故ギャンブルに使うのかと問う
老いて金銭のみに執着するようになって
媼の生活歴を見直してみる
認知者の語る話を聞いていると
別の現実で生き生きとしている
そして異なる世界を自由に行き来できる
窓に寄る小鳥と話せる

鳥は人間よりも繊細だと言う
庭の花は自分の気持ちを感じて咲くと言う
そうかも知れない
そしてあなたは優しくない
私を「認知症」と思っているからと言う
患者のもらす一言には
しばし本質を射抜くことがあり
人としての尊い姿を見せてくれる

青島

少年時、海水浴に青島街道を自転車で行き
夾竹桃の花の咲いているのを見ると
着いた気がした
青島で見た入道雲
その上の空に自分の行く末を思いながら
浜辺にて潮騒を心に響くリズムと聴いた

海幸彦山幸彦の伝説を思い
波に足を洗ひつつ進むと
異界に入る気がした
声高に海幸彦山幸彦を呼んでみたくなる
南洋に繋がる海上の道を辿り
その昔黒潮にのって
渡り来た海人たち
今はサーファーに見る
波の上に立つサーファーは
波頭で空から海に移動する
彼らに青に染まらぬ
哀しみはあるのか
天から降りて海からたちのぼる
青島の青は神が染めた青
思春期の私を染めた青

煙

大重辰雄

夕餉の煙が
おらの村には
昔あった
野良から帰って
一服濡れ縁で入れていると
向かいの家の夕餉の煙が
山陰に溶けていくのが
みられたものだ
そして
帰り遅れた鳥が
その煙にむせんで
一声キーと鳴いて
飛んで行くのが
みえたものだ

昔中学生の頃は
村の入り口にある
バス停で降り　砂利道をさけて
スベリヒユやオオバコの雑草を踏み
ツバナの穂を二、三本摘みながら
帰ったものだ
そして
藪に張った鈴なりのカラスウリが
残照に赤く映えていたものだ
家についてズボンをみると
イノコズチの花があちこち
くっついていたっけ
しかし
あのぼおっと灰色にたなびく
里の夕暮れの煙はよかったな
あの頃は
腰をくの字に曲げた
ばあやが
山で拾った杉の枯れ葉や

木っぱを外風呂にくべて
その焚き口の前に　しゃがみこんで
竹の火起こしをくわえ
煙にいぶられた目を
しょぼつかせながら
息を止め　目に涙をためて
がまんしいしい吹いていた
あの小さくなった
ばあやの後姿は
今でも思い出すな

遺　跡

あなたはこの古い遺跡を
発掘してはいけない
そこには巨石でできた堅牢《けんろう》な
しかも安らぎの部屋があって

夥《おびただ》しい埋葬品をしっかと抱きしめ
その中にじっと静かに横たわっている
あの人がいるからです
波瀾にみちた生きざまと
数々の身につまされた感傷と
はかない夢が
いまだに息づいているからです
あなたの狙いは
人の愛の痛みだけを
いたずらに拾い集めて
コレクションにすることです
もし発掘されれば
愛の痛みは
拾い上げたピンセットの先から
風化され
崩れ落ちて
大空に舞ってしまうでしょう

帰郷

江上紀代

その駱駝《らくだ》は少し　後の左足を傷めている
群れを離れ　空を仰いではいるが
眼は閉じたままだ
松の林の匂いとおだやかな丸い雲と柵と
飼育員さんから過不足なく与えられる
食物と水と

母さん、僕は足が痛いんだ
彼は、うちに帰りたかった
ゴビの砂嵐の音も忘れかけている
柵を超え　松林を抜けはしたが
磁石を持たぬ彼は途方に暮れた
どうして僕はここにいる
どうして僕は帰れない

そうして今
彼は闇を待っている
今日も眼を閉じたまま空を仰ぎ夜を待つ
闇に眼を開けば　故郷が見える気がする
その時
ふたつの瘤《こぶ》は帰郷の翼になるのだ

（「宮日文芸」２０２０）

空を纏《まと》う

砂利道を急ぐ母の下駄の音
消えかかった夕焼けが
真闇になるのを躊躇《ためら》っている

いくつの頃だったろう
母に背負われて
近くの掛かり付けの医者に通っていた
うす茶色の小児用の水ぐすりは
トプトプと音を立てた
風の強い日などは
擦《す》れた天鵞絨《ビロード》のショールを纏《まと》った
その少しひんやりした手触りと
てらてら光る妖しさは親子を無言にした
空は瑠璃紺《るりこん》を滴らせながら
闇の手前で何かを待っている

砂利道が舗装路になったころ
紺の天鵞絨は空になった
外灯のない帰り道　つかの間
私は　母を纏う

（「宮日文芸」２０２０）

乳母車

植野正治

初冬の入り日が雲間に沈み
最終の輝きを増すと
乳母車を欲しがっていた
遠い昔の祖母の姿が思い出される

三輪車のハンドルが折れて
溶接してもらうことを知らなかった
国民学校五年生の僕は
そのまま納屋に捨て置いていた

そんなとき腰の曲がった祖母が
乳母車があると助かるのだが
と寂しそうに呟くのを僕は聴いた

三輪車を解体しようにも
車輪を取り外す術もわからずに
幼い考えから石炭箱の底に
陶器製の小さな輪を四つ取り付けて
友だちと祖母のための乳母車を作った

翌日から　北風が少しずつ厳しくなるにつれ
出歩くことが遠のいていた祖母は
乳母車を止め夕日を眺めながら
戦地にいる海軍や陸軍の息子たちを
思いやっては
しきりとため息をつくようになっていた

戦局は著しく不利で
まもなく叔父の悲報が知らされると
乳母車を押すこともなく
仏間にいる時間が長くなり
　オレノ　シンジンガタリナカッタカラ
忠夫ヲ　死ナセテシマッタ

とお経を唱えながらしきりに嘆くのだった
軍人の母は泣かないと教えられていた
軍国少年は　祖母の涙を不思議に思い
もしかしたら息子の戦死を
名誉と思っているのだろうかと
はがゆく思うのだった

護国の鬼となった二十七歳の
大日本帝国海軍上等兵曹の戦死は
僕の胸に深く強く刻み込まれたのだ

そんな時期　今にも壊れてしまいそうな
にわか作りの乳母車でも
時折の祖母の外出には役立ったのだろう
確かに腰をかがめ億劫がることもなく
ゆっくりゆっくり慣れた路を
あるときは墓地をめざして
押していたのだから

あれから幾年
祖母の年齢をはるかに超えた老人たちが
高価な洒落た乳母車を押して
楽しげに歩いている
九十二歳になる母も養護老人ホームで
最新型の軽そうな乳母車に身を寄せて
時折の僕の訪れを待っていた

祖母よ
母よ

やがて僕も
子どもたちに
乳母車をねだることになるのだろうか

（詩誌「蒼」24号　2000）

笑顔を振りまいて

岩﨑俊彦

女の子が僕の頭をやさしく撫でていて、目が覚めた。驚いて声を出そうにも身動きさえできず、地べたに横たわったままだった。しばらくすると、女の子とお父さんが、そっと僕をトラックの荷台に乗せた。トラックに乗ってたどり着いたのは田んぼで、稲穂の海が広がっていた。そして、その岸辺に僕は立たされた。

僕を作ってくれたのは、明るくて人懐こい女の子で、のんきで人のいいお父さんと控えめでしっかり者のお母さんも手伝った。古切れや着古した服を使って作られた僕は、ひょっとこの姿をした案山子なのだ。古切れを丁寧に当てて繕った野良着を着て、頭には水玉のほっかぶりを巻いている。そして、口をすぼめひん曲げて、目玉が飛び出しそうなびっくり顔は、愛嬌たっぷりだ。

家族三人で僕を眺めながら嬉しそうに笑い、稲穂の海を渡る風が、家族の愛情のように心地よかった。三人の気持ちに少しでも応えたいけれど、突っ立っているだけの自分に、いったい何ができるのだろう。電線に止まった雀たちが、僕を見下ろして嘲笑している気がした。ところが、通りすがりの人が僕を見て、ニコニコしたり話しかけてきたりしたのだ。

僕を見て少しでも明るくなれるなら、心から笑顔を振りまこう！　そう決めてから僕は、まばたき一つできないのに、精いっぱい笑顔を振りまいた。田んぼを飛び交うトンボやちっちゃな虫たちにさえも。田んぼのあぜ道に立つお地蔵さんのように、僕も笑顔を絶やさずにいたかった。

稲刈りが大成功に終わり、僕は土から抜き取られ、刈田の上に寝かされた。ああ、これで自分の役目は終わったんだ。まばたき一つできない僕の目に映ったのは、雲一つない青空だけだった。でもそれは、今まで見たどんな空よりもきれいだった。

都井岬

宮崎の果てに近づくと　大地がグーンと盛り上がり
空と海へ向かってゆく
曲がりくねった山道を上ってゆくと
森や草原が広がり
岬の果てが近づくにつれ
胸がわくわくしてくる

山道を上り詰めたら　岬の果ての灯台だった
灯台から見渡せば　遥か異国まで見えそうで
見つめていると吸い込まれそう
青い海と空の彼方へ

ここは自然や生きものたちの楽園
自由を手にした馬たちが
絶景の広がる草原を　思うがままに駈け巡る
大空へ駈け昇れそうなくらい軽やかに

（「宮日文芸」２０１７）

名前も知らない草たち

「また雑草が生えてきたか」と　煙たがられる草がある
何を以て人々は　雑草と呼ぶのだろう

道端のアスファルトの隙間を　こじ開けるようにして
草たちが顔を出している
そこはけして　住みやすい所だとは思えないのに

その草たちは人目を引くこともなく
皆似たように映るかもしれない
でもよく見ると　形や大きさも様々だ
生まれてきた所で皆それぞれが
懸命に生きようとしている

そう　雑草なんて草はない　名前も知らない草たちが
今日もまた　ひたむきに生きている

（「宮日文芸」２０２１）

聖《しょう》諦《たい》

岩﨑信也

空が少しずつ降りてくる
凪は止んだままだ
町は丘のところからゆっくりと夕暮れている

ずっと以前のことだ
希望とか愛とか勇気とかいうものが
いつまでもあると信じていたころ
挫折とか絶望というものにも憧れていた

生きることを急いでいたのだろうか
いろんな道標があったのに
私は気がつかないふりをした

今が不幸だとは思わない

明日があることも知っている
明かりが灯り始めた町を見ながら
私は今日も静かに横たわるのだ

（「ｊｕｐｉａ」２０２０）

雪

雪が降っている
昨日から降っている

昨日の町が凍っている
空が青く凍っている
風も凍ったまま吹いている

昨日の私が凍えて固まっている
手を天に伸ばして凍っている
横には犬が凍っている

凍った手を少し拡げてみたら
雪がどっと落ちてきた
空も、風も落ちてきた
私は倒れようかどうか迷っている

（「宮日文芸」２０２０）

木漏れ日

水の音がする
雪解けの水の音だ
春が近づいているのを
私は眠ったまま聞いている

木漏れ日が揺れている
朝の匂いが部屋に満ちて
私は横たわっている

昨日死んだ私にとって
今日は新たな私の始まりの日だ
水平線が遠くに見える
波が静かに寄せてきた

漂う時間を開きながら
優しい光が降りてきて
昨日の私と
今日の私を包み始める

（「宮日文芸」２０２１）

子らへ

あゆみ

優しい愛　ではなかった
包み込む愛　ではなかった
やわらかくも　ないし
あたたかくも　ない

でも　たしかにあった
すぐ傍らにあった
こんなのでよければ
いつでも持っていきなさい

すきなだけ持っていきなさい

（「遍歴」62）

意　味

お母さんではないのよ
お母さんの子ではないのよ

もう何十年も前から
生まれるずっと前から
きっと決まっていたのよ

おあずかりし　抱き　育むこと

いっぱい笑ったね
よくけんかしたね
泣いたね　傷つけもした

大切な心を伝える術は言葉じゃなかった
何も言わずに　抱きあえば
それで　わかりあえた

どこに行くのも　一緒
何をするのも　一緒
ほんとうにずっと　一緒

〝お返し〟
しないといけない日がやってきます
もうすぐです

（「遍歴」63）

漣《れん》　然《ぜん》

声をあげて泣いたなら
少しは楽になるだろうか
心を平にして生きてきた
のっかった重い荷を
ちょっとどけてもいいだろうか

泣いていい
泣いていいいんだ
泣いていい
産むも　終《し》めるも
あゝ　〝母の業〟

（「遍歴」68）

宮崎の詩略年譜（二〇一〇～二〇一九）

資料提供　田中　詮三

編集責任　中　島　めい子

二〇一〇年（平成22）

《詩集ほか発行》
3月　大西章弘詩集『そらのまんなか』
〃　武下静子詩集『日傘と坂道』
〃　まつおじゅん子エッセイ集『夕映えに佇つ』
4月　『宮崎詩集二〇一〇』発行・宮崎県詩の会
7月　田中孝江詩集『木漏れ日』
〃　谷元益男詩集『水源地』
9月　松原光糊詩集『あっという間の』
〃　南邦和評論集『故郷と原郷　南邦和の世界』(1)(2)
10月　中島めい子詩集『あやにさびし』
〃　中園直樹詩集『しんかい動物園』

《受賞》
1月　第5回「文芸思潮」エッセイ賞入選　池山弘徳
〃　第12回みやざき文学賞　入選者　一席：堀地昴、二席：黒木俊　三席：鍋倉清子　佳作：中馬宣明、田中孝江、高尾日出夫、椎葉キミ子、金城登喜子
3月　平成21年度宮日文芸賞（詩壇賞）中馬宣明
11月　第2回富松良夫賞創作詩コンクール入選者（一般）金賞：上村由美子・銀賞：藤井三千枝・後藤昌子・銅賞：河野正・中馬宣明　佳作：森絢子・羽良慶治

《活動・催事》
2月　宮崎県詩の会会報発行（25号）
3月　「釈迦郡ひろみ句集の魅力に迫る」（第3回県南文化シンポジウム）
4月　宮崎県詩の会定期総会
6月　第17回卯の花忌（延岡市）語る会テーマ「本多利通の世界に通じるもの―武田弘子の場合」
8月　九州詩人交流会（熊本市）
〃　宮崎県詩の会会報発行（26号）
10月　黒木清次詩碑祭（小林市）
〃　九州詩人祭（福岡市）
〃　韓日文学の夕（韓国大邱市）
11月　第2回富松良夫賞創作詩コンクール・表彰式と詩朗読（都城市）
〃　第26回神戸雄一詩碑祭（串間市）
〃　わくわく文芸講座（宮崎市）

二〇一一年（平成23）

《詩集ほか発行》
3月　牧野正史著『こひつじ通信』
8月　三尾和子詩集『黄色い雨』
9月　林黄詩集『闇への使者』

5月　竹本祥子詩集『あかし』
11月　本多寿著『詩の森を歩く―日本の詩と詩人たち』
〃　南邦和韓国語訳詩集『帰郷』
《死去》　下永順一郎（3月）
《受賞》
1月　第13回みやざき文学賞受賞式　入選者　一席：池山弘徳　二席：渡邊建記　三席：河野正　佳作：桃山吉希、上村由美子、鍋倉清子、庄司不二朔、仲宗根裕香、
〃　第5回「文芸思潮」エッセイ賞入選　池山弘徳
3月　平成22年度宮日文芸賞（詩壇賞）長友聖次
10月　第26回国民文化祭京都2011現代詩フェスティバル実行委員会会長賞・池山弘徳
11月　東京詩祭賞2010（主催・日本詩人クラブ）受賞者杉谷昭人「広すぎる食卓」
〃　宮崎県文化賞・南邦和
〃　第13回小野十三郎賞：谷元益男詩集『水源地』
〃　第3回富松良夫賞創作詩コンクール入選者（一般）金賞（該当者なし）銀賞：羽良慶治・河野正銅賞：中馬宣明・中原昭美　佳作：倉山幸一、井上正樹、上村由美子
《活動・催事》
1月　高森文夫特別展（日向市）生誕百周年記念「高森文夫交友録」発行
2月　宮崎県詩の会会報発行（27号）
4月　宮崎県詩の会定期総会
6月　第18回卯の花忌（座談テーマ・高森文夫の抑留時代）
8月　第41回九州詩人祭佐賀大会（講演・旧制佐賀高校時代の伊東静雄）
〃　宮崎県詩の会会報発行（28号）
11月　「詩の集い」（宮崎県詩の会主催・宮崎日日新聞社協力）（宮崎日日新聞社10Fにて）県内詩人と宮日詩投稿者の学習交流会　宮日詩選者のミニ講演（中馬宣明、中島めい子）県詩の会会員の自作詩朗読の後、ワークショップ
〃　第3回富松良夫創作詩コンクール受賞式と詩朗読

二〇一二年（平成24）

《詩集ほか発行》
4月　鍋倉清子詩集『花の冠』
6月　木村むらじ全詩歌集『歴程』
7月　みえのふみあき著『蜜かけカキ氷の蜜の味』自分史（私家版）
8月　亀澤克憲著『哀調の旋律　柳田國男の世界』
9月　南邦和著『創作劇・キキのゆくえ』
11月　佐藤純一郎詩集『海の憂鬱』
12月　木下貴志男詩集『小景有情』
《受賞》
1月　第14回　みやざき文学賞受賞式入選者一席：藤﨑正二　二席：稲田悟　三席：児玉健二　佳作：渡邊建記、上山結菜、本田雅子、後藤昌子、広島武文

3月　平成23年度宮日文芸賞（詩壇賞）吉飼清勇

《活動・催事》

2月　宮崎県詩の会会報発行（29号）
4月　宮崎県詩の会定期総会
5月　現代生活語詩朗読会in宮崎（於詩季）
7月　宮崎県詩の会会報発行（30号）
〃　「脱原発・自然エネルギー218人詩集」東京・コールサック社（田中詮三・黒木なみ江作品収録）
9月　黒木清次文学碑祭（小林市）
〃　九州詩人祭（熊本市）
〃　わくわく文芸講座（「日向神話と記憶とことばの関係」講師：鈴木素直（於宮崎県立図書館）
〃　「詩のボクシング山口大会」優勝：藤崎正二
11月　宮崎県詩の会学習会（小林市）詩朗読と講演（谷元益男）

二〇一三年（平成25）

《詩集ほか発行》

3月　杉谷昭人著『詩の海　詩の森』
5月　本多寿詩集『草の向こう』
7月　田中孝江詩集『無口な春』
8月　みえのふみあき詩集『枝』
〃　谷元益男詩集『骨の気配』
〃　黒木松男詩集『蹌踉の旅』
9月　杉谷昭人詩集『農場』
〃　阿久根敦子詩集『風の弦音』
10月　加藤礁詩集『薔薇海峡』

《死去》　みえのふみあき（3月）
松原光糊（7月）

《受賞》

1月　第15回みやざき文学賞　受賞者　一席：児玉健二　二席：白菊秀斗　三席：佐藤風生花　佳作：内田倫男、樺山博詞、稲田悟、本田雅子、橋満恵里子
3月　平成24年度宮日文芸賞（詩壇賞）遠藤隆生
10月　第13回「詩のボクシング」全国大会優勝・佐々木秀行
11月　第4回富松良夫賞創作詩コンクール入選者（一般）金賞：本田雅子　銀賞：吉飼清勇、小橋酎　銅賞：倉山幸一、中原昭美　佳作：上村由美子、万葉照子

《活動・催事》

2月　宮崎県詩の会会報発行（31号）
3月　渡辺修三詩碑建立（延岡市）
4月　宮崎県詩の会定期総会
6月　第17回中原中也の会研究集会（日向市）
〃　第20回卯の花忌（延岡市）
7月　宮崎県詩の会会報発行（32号）
9月　黒木清次文学碑祭（小林市）
〃　第43回九州詩人祭（宮崎市・観光ホテル）第1部講演「詩と神話・T・S・エリオットの『荒地』をめぐって」（村田辰夫）　第2部　パネルディスカッション「みえのふみあきの〈詩〉の世

界」パネラー田中詮三　谷元益男　本多寿
11月　第4回富松良夫賞創作詩コンクール受賞式及び詩
朗読（都城市）

二〇一四年（平成26）

《詩集ほか発行》
2月　西田良子・新お伽草子『悩む狼』
8月　遠藤隆生詩集『きわめて従順に』（私家版）
〃　コールサック社（東京）のアンソロジー『水・空
気　食物　300人詩集』本県から椎葉キミ子、
マイケル・シャワティ、南邦和、杉谷昭人、田中
詮三の五名が収録されている。
10月　八雲美津詩集『光ノート』
12月　鍋倉清子詩集『母の山』

《死去》
阿久根敦子（3月）

《受賞》
1月　第16回みやざき文学賞受賞式　入選者一席：倉山
幸一　二席：糸原健二　三席：河野正　佳作：い
しどうしょうけい、アオシマシゲル、森村一水、
臼崎翔太朗、椎葉キミ子
3月　平成25年度　宮日文芸賞（詩壇賞）陣ノ下さとし
〃　第24回伊東静雄賞　谷元益男
11月　第16回小野十三郎賞（大阪文学協会主催）杉谷昭人
詩集『農場』
〃　第5回富松良夫賞創作詩コンクール（一般）金賞
（該当者なし）　銀賞：碕山加奈、上村由美子　銅
賞：松元詩歩子、福元久子　佳作：倉山幸一、西
希実

《活動・催事》
2月　宮崎県詩の会会報発行（33号）
3月　宮崎県詩の会学習会「現代詩とともにどう生き
る」講師　田中詮三
4月　藤崎正二　エッセイ「補助輪を外すまで」を宮崎
日日新聞に4／5〜7／12まで15回掲載
〃　宮崎県詩の会定期総会
8月　宮崎県詩の会会報発行（34号）
9月　九州詩人祭（大分市）本県より数名参加
〃　平成26年度「わくわく文芸講座」（県教職員互助会
主催）
〃　黒木清次文学碑祭（小林市）
〃　宮崎県詩の会勉強会・（宮崎市）（「源氏物語の中の女
性たち」）講師・吉飼清勇
11月　高森文夫を偲ぶ詩大会（日向市）
〃　第5回富松良夫賞創作詩コンクール受賞式及び詩
朗読　講演「渡辺修三について」中島めい子
〃　神戸雄一詩碑祭（串間市）

二〇一五年（平成27）

《詩集ほか発行》
3月　みえのふみあき詩選集（本多寿氏による編集発行）
5月　平田英徳詩集『時の流れとともに』
〃　吉飼清勇詩集『木の花』

〃　長友セージ詩集『鱗・VOL1．VOLⅡ』（私家版）
7月　本多寿詩集『タケル』
8月　本多寿評論集『詩の中の戦争と風土―宮崎の光と影』
〃　甲斐知寿子詩集『消えない声』
〃　遠藤隆生詩集『小詩集⑵―揺れる』（私家版）
11月　『郷土の詩人・第3回高森文夫を偲ぶ詩大会作品集』（若山牧水記念文学館発行）

《死去》

森千枝（3月）

《受賞》

1月　第17回みやざき文学賞　受賞者　一席：松元雅子　二席：藤崎正二　三席：河野正　佳作：P糸原健二、横山文香、村岡万莉杏、碕山加奈、本田雅子
3月　平成26年度宮日文芸賞（詩壇賞）まつおじゅん子
11月　第6回富松良夫創作詩コンクール入賞者　（一般）金賞（該当者なし）銀賞：上村由美子　銅賞：碕山加奈、松田惟怒　佳作：新名正三郎、陣ノ下さとし、福元久子

《活動・催事》

2月　宮崎県詩の会会報発行（35号）
〃　宮崎県詩の会勉強会（宮崎市）「先達詩人の紹介」講師・黒木松男・南邦和。詩集『農場』の朗読と小野十三郎受賞について・講師・杉谷昭人
4月　宮崎県詩の会定期総会
5月　「卯の花忌」（延岡市）
8月　宮崎県詩の会会報（36号）発行（特集・戦後七十年を迎えて）
10月　黒木清次文学碑祭（小林市）
〃　宮崎県詩の会勉強会（宮崎市）⑴詩人・真田亀久代の紹介・講師（中島めい子）⑵パネルディスカッション（戦後70年を生きて私の詩と生活）
11月　渡辺修三詩碑祭（延岡市）
〃　九州詩人祭（鹿児島・知覧町）
〃　第6回富松良夫賞創作詩コンクール受賞式と詩朗読
〃　神戸雄一詩碑祭コンクール（串間市）

二〇一六年（平成28）

《詩集ほか発行》

4月　岩崎俊彦詩集『誕生』
10月　谷元益男詩集『滑車』
〃　玉田一陽画集『空のイコン』

《受賞》

1月　第18回みやざき文学賞　受賞者　一席：椎葉キミ子　二席：後藤光治　三席：本田雅子　佳作：遠藤隆生、森村一水、吉飼清勇、上村由美子、布留川文
3月　平成27年度宮日文芸賞（詩壇賞）堀地昴
〃　第50回詩人会議新人賞　倉山幸一

《活動・催事》

1月　森千枝さんをしのぶ会（宮崎市）
〃　渡辺修三の作品鑑賞会（延岡市）（1／11・2／24・

3/12）
2月　宮崎県詩の会会報（37号）
〃　宮崎県詩の会勉強会「高森文夫の人と作品」（日向市）
日向市の高森文夫顕彰会と県詩の会の共同主催
朗読や講演など
4月　宮崎県詩の会定期総会
〃　韓国詩人との交流会「アジア的交流から交響へ」
座談会と交流会（宮崎市）
6月　卯の花忌（延岡市）
8月　宮崎県詩の会会報（38号）
9月　渡辺修三詩碑祭（延岡市）
10月　黒木清次文学碑祭
〃　九州詩人祭（福岡）
〃　宮崎県詩の会勉強会（佐土原総合センター）「金丸桝一の人と作品」
11月　富松良夫の朗読会と講演（都城市）講師　吉飼清勇（現身を中心として）
〃　神戸雄一詩碑祭とコンクール（串間市）

二〇一七年（平成29）

《詩集ほか発行》
3月　杉谷昭人詩集『杉谷昭人　詩集全』
4月　くらやまこういち詩集『生きっちょいさっさ』
6月　松田惟怒詩集『海の気』
〃　田中孝江詩集『杉の林』
7月　本多寿詩集『ピエタ』
8月　亀澤克憲詩集『カタルタ』
10月　玉田千津子句集『ちぶさ』
12月　本多寿詩集『死が水草のように』
《死去》
高尾日出夫（9月）
《受賞》
1月　第19回みやざき文学賞　受賞者　一席：後藤光治
二席：上村由美子　三席：興梠マリア　佳作：松尾順子、吉飼清勇、鍋倉清子、若松幸恵、椎葉キミ子
3月　日本詩歌句随筆評論大賞優秀賞：谷元益男詩集『滑車』
〃　平成28年度宮日文芸賞（詩壇賞）後藤光治
〃　詩人会議新人賞（佳作）後藤光治
《活動・催事》
2月　渡辺修三ふたば賞創設に伴う審査依頼について
〃　宮崎県詩の会勉強会（宮崎市）「宮崎の戦後詩人たち」　解説・田中詮三
〃　高森文夫勉強会（日向市）
〃　宮崎県詩の会会報（39号）
4月　宮崎県詩の会定期総会
6月　「卯の花忌」（延岡市）
7月　玉田一陽展Ⅱ「空のイコン・玉田一陽作品集」出版記念展（宮崎市）
8月　宮崎県詩の会会報発行（40号）
9月　渡辺修三詩碑祭（延岡市・ふたば賞発表）
〃　九州詩人祭（佐賀市）

10月　宮崎県詩の会勉強会「渡辺修三の人と作品」作品朗読とパネルディスカッション（コーディネーター・玉田一陽・パネラー・田中詮三、杉谷昭人）
11月　富松良夫の詩にふれて・詩朗読と講演（都城市）講師（谷元益男）

二〇一八年（平成30）

《詩集ほか発行》
3月　後藤光治詩集『松山ん窪』
8月　長谷川信子詩集『昼の月』
9月　福元久子詩集『ここで暮らす』
11月　南邦和評論集『《新しき村》100年―実篤の見果てぬ夢―その軌跡と行方』
〃　玉田一陽詩集『イノセント・Ⅱ』

《死去》
黒木松男（1月）
鈴木素直（4月）

《受賞》
1月　第20回みやざき文学賞　受賞者　一席：星野有加里　二席：布留川文　三席：本田雅子　佳作：鍋倉清子、内田倫男、あさきゆめじ、藤崎正二、千葉まほ
3月　平成29年度宮日文芸賞（詩壇賞）小池久
〃　『杉谷昭人　詩集全』にて宮日出版文化賞　特別賞：杉谷昭人

《活動・催事》
2月　宮崎県詩の会会報（41号）
〃　「第35会国民文化祭」参加決定・宮崎県詩の会臨時役員会開催。
〃　宮崎県詩の会勉強会「森千枝の人と作品」年譜紹介（三尾和子）作品紹介（中島めい子）パネルディスカッション・コーディネーター（南邦和）パネラー（三尾和子・中島めい子）
4月　宮崎県詩の会定期総会
6月　卯の花忌（本多利通）作品研究
7月　高森文夫顕彰会（日向市）詩作品とメッセージ集刊行
8月　宮崎県詩の会会報発行（42号）
〃　九州詩人祭と国文祭の両祭実行委員を発表
9月　実行委員会初回開催：促進策検討
10月　第28回黒木清次文学碑祭
〃　街角ブックトーク（講師：藤崎正二、演題「中也と友」）
〃　九州詩人祭（熊本市）本県より4名参加
11月　渡辺修三詩碑祭（延岡市）
〃　富松良夫の詩朗読と講演会（講師　本多寿）
〃　神戸雄一詩碑祭
〃　宮崎県詩の会勉強会（綾町）『玉田一陽の世界』会場：小さな森の空・アトリエ美術館
12月　九州詩人祭宮崎大会・国文祭実行委員会（役割分担と内容検討）

二〇一九年（平成31）

《詩集ほか発行》

4月　小池久詩集『弘子』

7月　松尾順子詩集『続・年輪』

9月　谷元益男詩集『展』

10月　後藤光治詩集『吹毛井』

11月　本多寿詩集『風の巣』

《受賞》

1月　第21回みやざき文学賞　受賞者　一席：谷口順子　二席：小池久　三席：松尾順子　佳作：大西雄二、川原ひかり、平湯爽夏、河野正、興梠マリア

3月　平成30年度宮日文芸賞　受賞者（詩壇賞）福元久子

《活動・催事》

2月　宮崎県詩の会会報発行（43号）

4月　宮崎県詩の会実行委員会・九州詩人祭と国文祭の内容　検討・打ち合わせ

〃　宮崎県詩の会定期総会

5月　「国文祭」の県・市会議出席と「九州詩人祭」の準備

6月　「第28回卯の花忌」（延岡市）

7月　「九州詩人祭」パンフ・広告・参加人数打ち合わせ、「国文祭」各催し検討

〃　「九州詩人祭」役割分担決めと、催し内容検討

8月　宮崎県詩の会会報発行（44号）

9月　「九州詩人祭宮崎大会」開催（宮崎観光ホテル）第1部　講演「《新しき村》光と翳」（南邦和）第2部　小講演「九州詩人祭の今昔」（杉谷昭人）第3部　朗読（各県の代表者2名による朗読）

10月　黒木清次文学碑祭り

11月　渡辺修三詩碑祭

〃　富松良夫の詩朗読と語る会

〃　神戸雄一詩碑祭

評論

宮日文芸を振り返って

中島めい子

新型コロナウイルスに振り回されて、あっという間に一年以上が過ぎた。武漢で感染者が広がっていると報道されている時、十年になろうとしていた宮日文芸の選者を谷元益男氏にお願いすることにした。

宮崎県詩の会の会長に続いて、選者までお願いすることは大変心苦しかったが、これまでの選者の任期は十年だったので、はっきり区切りをつけた方がいいと思ったのだ。意を決して引き受けてくださった谷元氏には心から感謝している。

十一年前、南邦和氏から選者交代の打診があったとき、果たして自分にできるのかと大きな不安を抱えての出発であったが、自分の想像していた以上に多くの投稿者と、その熱意に驚いた。宮崎県には渡辺修三、富松良夫、谷村博武、金丸桝一等々、全国的に評価された詩人が多いが、その影響もあるのか、詩の裾野の広さを実感した。

今まで選者をされた金丸桝一、南邦和、両氏それぞれの詩に対する考え方、捉え方は異なっていると思うが、私も自分なりの見方で作品に対していこうと覚悟を決めた。他者の作品をどう評価するかは、評する自分もまた試されているのだと肝に銘じて取り組んできたつもりである。

選者になって一年余が過ぎた二〇一一年十一月に宮日会館において県内詩人と宮日投稿者の学習交流会「宮崎・詩の集い２０１１」が開かれた。

当時の宮崎県詩の会の会長・南邦和氏が主催者を代表して挨拶をされたあと、五人の詩人の自作詩朗読と続いた。次に宮日学園詩壇の選者である中馬宣明氏と私がミニ講演を行い、詩に対する考え方を述べた。最後は各グループに分かれてのワークショップ（懇談会）が行われた。ここでは投稿者の素顔と共に、忌憚のない意見を知る貴重な時間となった。

同人誌や詩誌の書き手しか知らなかった私にとって、投稿者の皆さんと出会えたこの日は忘れられない日になった。

長いようで短く感じられる十年であったが、詩壇賞の授賞式で出会った方々だけでなく、数多くの投稿者の皆さんのことが甦ってくる。

今でもコツコツと書き続けていらっしゃるえびの市の田中孝江さん（２００９年受賞）は、今年九十八歳になられた。豊かな感性と、自然や事物に対する優しい眼差しがあって、詩そのものもそうだが、人間性、生きる姿勢に教えられることが多かった。どんなにすばらしい作品を書いても、人間的に共感できなければ淋しい。詩壇賞に選ばれなくても、自分の世界をもってコツコツと書き続ける人は、自分の畑を耕して、その人なりの果実を実らせることが出来ると思っている。R・M・リルケは『マルテの手記』の中で「～人は一生かかって、しかもできれば七十年あるいは八十年かかって、まず蜂のように蜜と意味をあつめねばならぬ。そうしてやっと最後に、おそらくわずか十行の立派な詩が書けるだろう～大山定一訳」と書いている。

同人誌や詩誌に所属していなくても発表できる場である「宮日文芸」の存在の意義は大きい。振り返ってみると選者を務めた十年間は、私にとってとても張りつめた豊かな時間であったような気がする。こうした日々を過ごすことができたのも熱意あふれる投稿者の方々と、選者に推薦してくださった南邦和氏のお蔭だと心から感謝している。


（なかしま めいこ　宮崎県詩の会理事）

評論

「みやざき文学賞」の軌跡――新しい詩界の誕生を

杉谷昭人

一．

戦後、この日本の文化行政を担ってきたのは、文部省文化局であった。しかし太平洋戦争中にすでに文化行政の実態を喪失していた文化局に、怒濤のように押し寄せる戦後の世界文化の変化、進歩に付いていけるはずもない。ましてや、戦時中は神道一本槍であったこの国の宗教とその自由化に関する仕事までが、文化局に押しつけられていたのである。

このような行き詰まりの状態を何とかしたいという混乱のなかで、一九六八（昭和43）年六月、文部省は文化振興のため行政組織の一元化を図り、文化局と外局の文化財保護委員会を統合して文化庁を設置した。その任務は「①文化の振興　②文化財保護　③宗教に関する行政事務」とされ、関連して、各国立博物館、同美術館、国立国語研究所、日本芸術院などの付属機関と、国語・著作権・宗教法人・文化財保護の各審議会がある。

ちょうどこの前年（昭和42）ごろから、まだ米軍統治下にあった沖縄県では、いわゆる占領反対・祖国復帰を求める運動が活発化していたが、当時の沖縄の関係者たちは、日本本土の人々の賛同を得るにはまず九州各県からという、きわめて現実的な方針を抱いていた。この考え方に逸早く反応したのが、当時、発足したばかりの㈶宮崎県芸術文化連盟（県芸文連）の会長・原田正氏であった。県芸文連の正式の発足は一九六九（昭和44）年であるが、とにかくこの県芸文連が、県が㈶宮崎県文化協会（県文協）を正式に発足させる一九八〇（昭和55）年まで、本県の芸術諸全体の活動をリードしてきたことは確かである。

その後、両団体がそれぞれの活動を重ねるなかで、一九九七（平成9）年の統一を迎えたことは、衆知のとおりであるが、この両者が併立した十数年間は、両者がその存在理由の意義を賭けて多様な努力、試行を重ねた時期でもあった。例えば、詩の場合で言えば、県芸文連は一九八八年、創設二十周年記念事業の一環として、『南方詩集――みんなみの詩景』（県芸文連刊）を刊行、物故者を含め四十一名の代表作が収められている。この年の記念行事としてのメイン・テーマは「宮崎の文学・美術」であった。「文化行政の統一、強化」を目指した政府の方針を実現するには、それまでの各都道府県地方自治体の意識や取り組みの実体には、あまりにも格差がありすぎたのである。

二.

本県においてこの県芸文連、県文協両者の統一がようやく実現したのは、前述のとおり一九九七（平成9）年であったが、この年、この両団体の統一を記念して、新しい「㈶宮崎県芸術文化協会」は、〈みやざきの文学――芸文協発足記念文芸コンクール〉の実施を企画し、その入選作品を同題の作品集として刊行した。部門は六部門（小説・随筆・詩・短歌・俳句・川柳）に分かれ、応募者総数は六五一名に及んだ。

この企画は「本県初の総合的な文芸コンクール（略）総じて応募作品の水準は高く」（運営委員会総評）と評され、その翌年に発足して現在まで続いている〈みやざき文学賞〉の原型となった。入賞・入選者のなかには、鶴ヶ野勉、曽原紀子、伊福満代（小説）、田中詮三（詩）、遠井俊二、小林千穂子（俳句）、荒砂和彦（川柳）等の名がある。いずれも現在の県文学界のリーダーとも言うべき方々である。

もちろん、初の試みではあり、応募作品のなかには、原稿用紙二枚半の小説、七五調の現代詩、俳句と川柳の区別の曖昧さなど、笑えない現象もいくらか見られたが、文字で書くという文学の本質から言えば、ワープロの普及による、いわゆるワープロ原稿の氾濫は、文学作品の本来の在り方を、著しく貶めるものともなった。ワープロ文字は、パソコンのそれとは似て非なるものである。国語、文字政策に責任を有する文部省の関知しないところで決定された政策なのであった。詳細は省くが、数年前にワープロの生産が完全に中止になったことは、文学の世界にとっても何よりのことである。

　このようにして、本県初の公募作品集『みやざきの文学』は刊行となった。発行日は、〈平成十年二月十日〉である。すでに新しい年度の「第一回みやざき文学賞」募集の準備が着々と進行しつつあった。

三.

　それから二十四年が経った。この原稿を書いているのは二〇二一（令和3）年九月中旬、すでに第二十四回みやざき文学賞の作品応募が締め切られたところである。年内には入賞作品の発表もあるだろう。

　しかし本稿の目的は、単にこの二十四年の歴史を辿ることではない。この文学賞に応募あるいは入賞した詩作品の内容や特徴を検討することによって、その傾向や質的変化、そこから見えてくるかもしれない詩の新しい可能性を探ることである。

　そもそも本県には、年間を通じて詩を書いている人が、どれくらい存在するのだろう。

　まず、「宮崎県詩の会」には、四十名余の会員が登録されている。詩を書こう、勉強したいと意識的に集まった人たちである。定期的に会報を出し、学習会も年二回ほど開いている。小説・詩・随筆などを主とする、いわゆる総合同人誌「龍舌蘭」「遍歴」「宮崎文学」などは発行ごとの定例会が充実している。

　地域に根を下ろした「埋火」（串間）、「霧」（都城）、純粋な詩同人誌としては「魂根」（小林）、「第二次ピアニッシモ」（都城）、「よむぎこ」（宮崎）、個人詩誌「アビラ」（後藤光治）の充実ぶりも目を惹く。

　県外での活躍が中心となるが、三島久美子、本多寿両名の名も忘れてはならない。総合詩誌「詩人会議」では、くらやまこういち、後藤光治両名がレギュラー級の活動を見せている。

　これら意識的に新作活動を展開している世界を私たちはしばしば○○詩壇というような呼び方をするが、この詩壇にはどうも権威主義的な匂いがするということで（例えば明治詩壇とか）、最近は○○詩界というような呼び方もよく見かける。確かに詩壇には、一段上のイメージは避けられないかもしれないが、詩界というのも、何だか要領を得ない曖昧さがまとわりついている。そういう意味合いで、例えば宮崎日日新聞の読者文芸欄などには、一種のいい加減さがある。宮崎詩壇と銘打たれても、別に恐ろしいとも思わないし、詩界と言われても、だから特段へりくだった表現だとも感じない、ある種の無名性に対する安堵感があるからだ。

もうひとつ別の例を挙げると、県内の女性向けの季刊誌に「じゅぴあ」（現在休刊中）というのがあって、その文芸欄に、詩・短歌・俳句・川柳がある。投稿は別に女性限定というわけでもなかったが、時にびっくりするような詩が掲載されることがあっても、その一編が「じゅぴあ詩壇」全体を変革させるようなことはない。そのなかで、「じゅぴあ」の常連であった宮川サツは、二分冊・四百ページに及ぶ『宮川サツ全詩集』を出して、関係者を驚かせた。

しかし詩が「みやざき文学賞」がらみとなってくると、話は少々ちがってくる。まず、応募者はアマチュアばかりではない。詩の会の会員もいるはずだし、広い県内にはどんな逸材が隠れているかも分からない。明らかに素人らしからぬ表現にもお目にかかるし、大学生らしい文体の作も、いくらでも出てくる。そこに選者である私が、一位・二位などという評価を与えていくと、場合によっては選者である自分の方が、自分の詩を否定されてしまったようなコンプレックスを覚えることがある。そこが詩の難しさ、恐ろしさである。

小学三年生、四年生くらいともなると、大人とは異なった独自の語法、発想を身につけはじめる。英語の教員であった私には、そのあたりの実例は、嫌というほど分かっている。詩作に興味を持つような人には、大人になってもなおそのような能力が残っている。いや、ますます伸びてくるような人さえいる。

文学賞というものの怖さは、そのような世界の構造、秩序といったようなものを一瞬にして破壊してしまうような力がある。これは芸術一般に通底して言えることである。またそういう力への期待があるからこそ、なかなか簡単に止められないのが、ひとり詩に限らず、芸術というものの魔力なのである。

四

このような経緯を経て『１９９８　みやざきの文学――「第一回みやざき文学賞」作品集』は発行された。

各部門の一席は、小説・吉川成仁、随筆・喜田久美子、詩・坂元守雄、短歌・間清隆、俳句・岡村さちを、川柳・本田南柳の各氏であった。

ひとり本県のみならず、この都道府県ごとの文芸コンクールの試みは、その歴史に濃淡はあるものの、ほぼ全国的に定着してきたと言えるだろう。作品を寄せてくる人々は、年々増加しているようだし、その傾向はコロナ禍が言われる昨年、今年であっても、とくに変わりはないようである。この不安の時代にあって、それは何を意味するのだろう。

第一次世界大戦、同じく第二次のそれぞれに、その戦後が大きな思想的変革をもたらした事実は、よく知られている。スケールはそれほどではなかろうが、世界の現在はコロナ・ウイルスとの戦いで、いま確かに混乱と不安の渦中にある。こういう時代にあって、文学に求められているものは何であろうか。私たち個々人の作家・詩人たちが果たすべき役割とは何なのか。それから何よりも、私たちは誰に向かって書いているのか。

ふるさとを懐かしむ詩は、誰にでも覚えがある。一度ならず、幾度となくテーマにした記憶が、誰にもある。はじめは、自分のために書いている。自分の記憶を大切にしたいと思いながら、それはそれで、それなりの作品になっていく。しかし作者の関心も感動も、それ以上にはひろがっていかない。

転機は、「誰のために書くのか」という意識に目覚めたときにやってくる。ふるさとがモチーフであれば、まず子や孫、それから父母へ、となるだろうか。「戦争反対」「平和を守れ」などというスローガンが詩になりにくいのは、この「誰のために書くのか」という意識を作者が持ちにくいせいである。先に紹介した第一回の第一席、坂元守雄の「樫の実幻想」は、荒れていくふるさとの森の実態をひろく地元の人びとに伝え、共に森を守っていきたいという気持ちに溢れた一編であった。詩の訴求力、普遍性とは、そういうことなのだ。詩には社会性が求められるのだ。

文芸コンクールが第一義に目指すところは、そこにある。「あなたが書きたいことは何か?」ではなく、「あなたはそれを誰に伝えたいのか?」なのである。これを県の公的行事として実施するところに、意味がある。詩作（文学）というきわめて私的な行動を、多数の人々を動かす社会的エネルギーに転化させることの可能性なのである。この新しい『宮崎詩集――二〇二二』に集まったみなさんにも、求められていることは同じなのだ。

五.

「みやざき文学賞」は、今年で二十四年目を迎える。芸文連・芸文協統一記念時の企画から数えると二十五年、四半世紀がたつ。文化庁の発足から数えるなら、三十五年になる。本県の場合で言えば、「みやざき文学賞」の出現は、これまでの県文学界の在り様に大きな変化をもたらした。現代詩を例に可視的に言えば、県詩の会・同人誌集団（透明）――宮日詩壇（半透明）――個人（発表誌ナシ）という三層構造の（その上には少数のプロ的作家がいるが）、その境界をあいまいにした、と言うよりも、そこをきれいに取り払ってしまった。

選考はコンクール形式だから、一位・二位・三位と、はっきり序列がつく。詩の会会員だからと言って入賞する保証はないし、まったく無名の者が入賞することもごく当然のようになってくる。そこまではそれでよい。コンクールだから、良いものが可《よ》しとされる。問題は以下のようなところにある。

まず第一に、応募作品全体が古風すぎる。現代の詩が、現在どのような問題と格闘しているのか、現代の社会の在り様はこれでよいのか、というような、問いかけの意識がない技法についても同じことである。

第二に、主題のとらえ方が概念的に過ぎる。生とか死とか、ナマの言葉づかいが詩的だとか哲学的だとかいうような誤解が、いまでもある。生の具体的な表現なら、誕生、産声、入学式など、無数にある。

そこの裏返しだが、だから同じモチーフで二度と書けない。次が書けない。一席を取ったとすれば、その展開が五、六作くらいはあってもよい。私の主義では、一冊の詩集はひとつのモチーフでまとめることにしている。これが第三番目である。

これまでこの詩の部門で一席を二度取った方が三名いる。倉山幸一（2・16回）は、二度目までに十六年かかっている。陣の下さとし（5・15回）は十年、藤崎正二（14・23回）で九年――これでよいのである。とにかく継続することだ。

なお倉山幸一、それに何度か入選歴のある後藤光治の二名は、のちに公的団体である「詩人会議」の新人賞の企画から、全国詩壇へのデビューを果たしている。「みやざき文学賞」が詩を志す者の終着地、最終目標であってはならないというのが、最初からこの仕事に係わってきた者としての、心からの願いである。

今回の『宮崎詩集』は、作品の収録範囲をひとり宮崎県詩の会会員に限定せず、県外在住の県出身者、会員以外の県内の詩人、宮日詩壇の投稿者等にまで拡大した。ほぼ四半世紀に及ぶ『みやざきの文学』の入賞・入選経験のある書き手たちに期待するのもそこである。現代詩に対する批判をも含め、入賞・入選作で見せてくれた実力を一年限り、一作限りのものとせず、現代詩に対するひとつの大きな問題提起を、という意識にまで高めていっていただきたい。それがやがて『みやざきの文学』自身にも一定の変革を生み、「みやざきの文学」派的な新しい潮流となるかもしれない。

世界の歴史上、いずれの文明圏においても、詩は常にその文明圏の哲学・宗教の中心的な表現のかたちであった。日本の文学の弱さは、記紀のようなすぐれた遺産を持ちながら、それを十分に意識できていないというところにある。コロナ禍のせいで本県での国民文化祭が一年延期になったことも、様々なことを考え直すという意味では、けっして悪いことではなかった。

「みやざき文学賞」を、官製文学賞などと侮ってはならない。この場での一編の受賞作品が、私たち県詩の会の役員会に激震を走らせたこともあった。新しい一編の詩が、また新しい詩を生む。稀には新しい同人誌の誕生となる。新しい思潮は、そこから始まる。「みやざき文学賞」の可能性は限りなく大きい。

（すぎたに　あきと　宮崎県詩の会理事）

評論

十年ひと昔……「点鬼簿」の詩人たち

南　邦和

「十年ひと昔……」すでに使いふるされたフレーズではあるが、いま、『宮崎詩集2010』を手許に置きながら、改めてこの言葉を噛みしめている。この譬えの出典は、恐らく〈戦前〉と呼ばれた「大正」から「昭和」にかけての「人生五十年」時代の年寄りたちの、自らの〝古きよき時代〟を振り返る回顧癖から生まれたものに違いない。その後、いくつかの戦争を経て〈戦後〉へと時代は流れ、さらに「平成」「令和」とたどってくると、この「十年」という単位は著しくテンポアップしてくる。現在では「十年ひと昔」の形容そのものが死語化している。

『宮崎詩集2010』の刊行は二〇一〇年四月である。たまたま私自身が県詩の会の会長職を背負っていた時期にあたり、編集作業にうち込んだ日々のことをよく記憶している。詩の会事業の一環としてのこの地域アンソロジーの取組みは、一九六一年東京・思潮社から出版された『宮崎詩集一九六一版』が最初である。この時代、全国的にアンソロジー・ブームが到来している。（板橋謙吉、丸山豊、谷川雁らの九州詩人懇話会による『九州詩集1955年版』は、福島和男の尽力によって宮崎市の愛文社から刊行された）。

今回で五冊目となる『宮崎詩集』だが、十年周期とはいかず第一集（一九六一）から第二集（一九八八）までの間隔は二十八年のブランクとなっている。しかし、半世紀を越えるこの取組みが持続しているのは、宮崎県詩の会の着実な歴史の積み重ねを証明するものであり、その時代、その時代のふるさとの詩人たちの文学的営為によるもので、改めて〝先達詩人〟たちの〈詩〉への熱情と「歳月からの伝言」を確認することができる。この第一集からの〝生き残り〟は杉谷昭人、田中詮三、南邦和の三人のみとなっている。

〝歳月〟がもたらす非情なマジックは、「十年ひと昔」の譬えをそのまま現出させてくれる。十年前の『宮崎詩集２０１０』に名を連ねた五十三名の詩人中の十三名が、すでに、鬼籍へと移っている。

特に、若い日から〝同僚詩人〟として同時代の苦楽を共にして来た親しい詩友の不在は、自らの〝老い〟の確認にもつながり、一入の感慨にとらわれるのである。ここでは私の個人的な回想も含めて、「点鬼簿」（過去帳）に名をとどめている詩人たちの〈人と作品〉を追ってみたい（前詩集に未収録の詩人もいるが、消息（生死）不明の何人かの方は割愛させていただく）。

『宮崎詩集』２０００年版、２０１０年版の巻頭（アイウエオ順）に位置していた阿久根敦子は、詩の会で交流のなかった数少ない書き手の一人である。その人柄や詩的経歴についても知るところがない。だが、詩の会会報に執筆された「新燃と〈夏の墓碑銘〉」というエッセイを通じて、日本敗戦時旧制女学校の一年生（私の一年上級生）であり〝戦争体験〟からの物語性のある手堅い手法のその詩作品に納得できた。作品の主題は霧島山麓に拡がっており、惜しまれる詩才であった。

加藤礁（正）については、あまりにも多くの思い出と、記録に値する文化的業績がある。一九二六（大正15）年串間市生まれ、飫肥中学校（現日南高校）から東京美術学校（現東京芸術大学）へと進み、戦後、同郷の瑛九らと共に〈デモクラート〉による前衛作家として美術史にも名を残すアーティストである。また詩人としても注目され、第一詩集『逆光線』には宗左近による〈逆光線は閉じた画家の目だけの見る未来の抒情詩集……〉の献辞がある。その晩年（88歳）の『薔薇海峡』にも独自の美学で構築された〝完熟したポエム〟の展開がある。東京在住であったが、帰郷の度に〈じょうだん工房〉〈フラクタス〉の活動を通じて「宮崎文化」に刺激を与えてくれた（串間市民会館の緞帳は前衛的なデザインによる加藤正作品である）。

端正な面差しと朗々と響く声量の持ち主であった木下貴志男には、年少ながらどこか老成したイメージがつきまとう（どこかで聴いた彼の詩吟は一流であった）。ここしばらくその消息を聞かなかったが、最近になっての突然の訃報は信じられない思いであった。二〇一一年本多企画から刊行された詩集『小景有情』を残しているが、この詩集名も古風ながらその詩的手法は、「小景」を紡ぎながらキラリと光るアイロニーと情念の深さを垣間見ることができる、なかなかのテクニシャンであり、ダンディズムのポーズを示す〝知性派〟の詩人であった。

詩人西岡光秋とは、国学院大学での詩友だったと聞いている黒木松男の詩歴は長い。小林高校野尻分校時代の恩師『シベリア詩集』の長尾辰夫の影響下で〈詩〉に目覚めたという。二〇一五年度の県詩の会の勉強会ではその「長尾辰夫」についてのレクチャーを受け持っている。「龍舌蘭」同人としての活動（ある時期西岡光秋らの「日本未来派」にも所属）してきたが、その晩年は〝一匹狼〟の印象が強かった。自己主張を控えた寡黙な反面、激越な言辞で人を驚かす場面もあったが、〈詩〉への一途な情熱は終生変わらなかった。『逆気流』『片肺飛行』（私家版）『虧けた月』などの詩集がある。

串間の文芸誌「埋火」の中核同人の一人であった後藤等は、実に真面目な詩の会会員であった。総会や勉強会などの機会には必ず遠方から駆けつけ忠実に会員義務を果たす人であった。詩人としての存在感はやや地味ではあったが、日常にモチーフを得たその作品は誠実な人柄を映した抒情の世界であった。2000年版の〈詩作ノート〉には「言葉よ　さえぎるな」の題で、まっすぐに対象を視つめるこの詩人の〈詩〉への姿勢が語られている。また、平田英徳を支えるよき〝女房役〟でもあった。

私の手許に、二〇〇八年本多企画から〈現代詩双書〉の一冊として刊行されている後藤昌子詩集『コップと鬼と』がある。いかにも意表をつくシュールな詩集名だが、その作品群は変哲もない日常をなぞり、時にエキセントリックに、また時に、アンニュイを秘めた〝女の性《さが》〟が披瀝されている。「父のサンドイッチ」に代表される〝家族〟への執着も後藤の重要なモチーフとなっている。「コップ」や「果て」などに見る詩的力量は注目させられる。夭折が惜しまれる詩人である。

この人ほど多面的な貌を持つユニークな詩人も珍しい。鈴木素直には人も知る〈野鳥の会〉の第一人者（野鳥に関する著作を持つ）と言う顔があり、高校生の時に画家瑛九の膝元でエスペラント語を学んでいる（瑛九研究者としても一家言を持つ）。また、〈少年詩〉のジャンルでも全国的によく知られており、詩の分野ではフォークロアに目を向けた独自の作風を示している。「馬喰者の話」では第七回年刊現代詩集〝新人賞〟を受賞している。詩集『夏日』は金丸桝一らの高い評価を受けた。その晩年、私とは同じ主治医を持つ病院仲間であったが、「どんげしちょるね」という鈴木の言葉が懐かしい。

長尾典昭が、それまでのホームグラウンドであった神戸の長田高校から大宮高校に移動して来たのは一九六四（昭和39）年のことである。以来、私が編集を担当していた「絨緞」同人として活動してゆく。その若い時代には『隠花植物』などの詩集で前衛的な作品を見せていたが、亡妻を悼むレクイエム『夢幻（ゆめまぼろし）』や愛孫をモチーフにした詩画集『わらべうた』の境地へと作風を変化させていった。教育者としても宮崎北高校の初代校長（校歌の作詩者）、私立日大高校校長などの要職を歴任、県教育界の中心的な存在であった。個人的には麻雀仲間であり、中国・韓国・台湾を共に旅した旅行仲間であった。特に、内モンゴル・フフホトのツアーで同じゲルに起居を共にし草原の星空を仰いで人生を語り合ったひとときが忘れ難い。

串間の文芸誌「埋火」が百号記念号を発行したのは、一昨年（二〇一九）のことである。この号に私は「『埋火』まで—平田英徳の軌跡」の一文を寄稿している。それから僅か一年後、平田英徳への〈追悼詩〉を「埋火」に載せている。本県で戦後に出発している〈青年詩人集団〉のメンバーとして、黒木淳吉、福島和男、田村健二、梅木嘉人、金丸桝一、大森一郎らに互して気を吐いた〝青年詩人〟の一人が平田英徳である。第一詩集『喪失』で注目され『村から』『定点』と常に農漁村の現実に目を向けて、質実の詩風を展開してきた尊敬すべき〝長老詩人〟であった。

平田英徳に距離的に近い詩人の一人に松原光糊がいる。松原も平田と同時期の「絨緞」同人であった。鹿児島県出水出身の松原は、本県で教職に就き県内各地を回っているが、その勤務校の一つが福島高校である。この時代この高校には「梁山泊《りょうざんぱく》」さながらに〝文人たち〟が集っていた。教頭の長尾典昭を筆頭に興梠英樹（評論家）、伊藤一彦（歌人）、松原光糊らである。『抜人』『あっという間の』など松原には奇抜な表題の詩集があるが、一貫してアウトサイダーとしての批判の目で時代を抉る反骨の詩人であった。この間平田英徳、中島めい子との三人詩誌「Voila」や個人誌「喫水」を出し、句集に『冬の雷』がある。

一九五八（昭和33）年延岡で注目すべき同人誌「白鯨」が創刊されている。本多利通、田中詮三、杉谷昭人、みえのふみあき（三重野文明）の〝四銃士〟による〈現代詩〉の砦として創刊時から高い評価を得た詩誌である。この時みえのふみあき二十一歳、その五年後に東京・思潮社から第一詩集『少女キキ』が刊行されているが、すでに高い完成度を持つ〈現代詩〉の新鋭の出現であった。その後のみえのの詩、評論にまたがる活動は有力な〝詩人賞〟候補に次々とノミネートされている。二〇一三年七十六歳での惜しまれる死であったが、この年宮崎が当番県となった第43回〈九州詩人祭〉では、T・S・エリオット研究者村田辰夫氏の記念講演との二本立で「みえのふみあきの〈詩〉の世界」のパネルディスカッション（田中詮三、谷元益男、本多寿）を行っている。

最初に女性詩人森千枝の名が記憶に刻まれたのは、一九五〇（昭和25）年龍舌蘭社が刊行した「詩集『海道』によってである（当時十七歳であった私はこの本を書店で求めている）。この詩集は、いわばこの地方におけるアンソロジーの嚆矢となり、現在に続く『宮崎詩集』の原形ともなっている。九人の収録詩人中に清水ゆき、森千枝の二人の〝女流〟が含まれていることにも、「詩史」的な興味をそそられる。

「龍舌蘭」生えぬきの詩人森千枝の活動についてはいまさら言葉を費すまでもない。牧師の家庭に育ち、クリスチャンとしての生活者（主婦）の立ち位置で紡いできた、小説・詩・随筆にまたがるエネルギッシュな執筆活動は、「龍舌蘭」の〝大姉御〟として愛された、その庶民的なキャラクターと共に私たちに多くの影響を与えてくれた。その六十年の詩業を総括した全詩集に『天気図』がある。

横山多恵子の場合、言いふるされた形容ではあるが「良妻賢母」という、およそ「詩人」のイメージとは対極にある〝大和撫子〟的な女性像が私の印象であった。主婦詩人高田敏子との交流を通じて「東京四季」に参加、宮崎では田中孝江らと「宮崎野火」を立ち上げている。詩作にとどまらず、歌集やエッセイ集、絵本などを数多く出版してきている。〈みやざきエッセイスト・クラブ〉の会員としても熱心な書き手としての印象が残っているが、その作風はいかにも良家の子女らしいメルヘンやロマンの憧れを示していた。筑後出身の彼女とは私の母のふるさととの共通項があり、私的にも親しい姉さん詩人でもあった。

この「点鬼簿の詩人たち」の中に、吉飼清勇の名を書き加えることに心が痛む。〈国文祭〉に取り組んだこの二年余の歳月、詩の会の実務を担う頼りになる仲間として行動を共にしてきている（新春の年賀状さえ頂いている）。あの温和で有能な詩人が、すでにこの世にいないということに納得できないでいる。これまでの『宮崎詩集』に吉飼の名前はない。中島めい子選の〈宮日詩壇〉にその名が登場して以来、数々の秀作を生み当然のように〈詩壇賞〉を受賞しているが、この詩人に〝新鋭〟の名はふさわしくない。〝吉飼ワールド〟を確立していた詩人であった。詩集『木の花』が遺されている。

吉川サキエは、その生前にあいまみえなかった（もしかしたら、都城の「霧」の会合でお会いしたのかも……）数少ない詩の会の会員である。しかし、その名前は都城の文芸誌「霧」（中山正道らによって一九六八（昭和43）年に創刊）の題字の麗筆で私の印象に刻まれている。つまり、書家としての世界を併せ持つ詩人である。２０１０年版の巻末に七編の吉川作品が収録されているが、キャリアを感じさせるすぐれた短詩が並ぶ。「電車ごっこ」の一編に「運転手は夫と私……」に始まる五男一女の健全な家族構成がほほえましく描かれている。豊かな人生を全うされた幸福な詩人像がここにある。

（みなみ　くにかず　宮崎県詩の会理事）

評論

宮崎県の詩を牽引する詩人たち

谷元益男

宮崎県の詩を語るとき、私たちは先達詩人を強く脳裏に描かない訳にはいかない。先達詩人には、実に優れた詩人が多い。これは宮崎県が誇れることでもあり、まさしく我が国において九州南端の地理的な要素を色濃く反映している気がするのだ。

わけても「ひなたの国」である。宮崎の灼熱は万物に容赦なく照り付けると同時に人間にも等しく照準を合わせている。「宮崎人」の体内には駆け巡る「ひかり」があり、何にも増して強靭さがある。

先達の草分けとしては、やはり渡辺修三が突出していてその波紋は大きかった。その後、県全体にその波は広がっていくが、その詳細は金丸桝一の著書『宮崎の詩・戦後篇上・下』に詳細に記述され、現在はそれ以上の著書は見当たらない。従って、ここでは先達詩人については詳細に触れられないが、私が指折り数えても優に二十数名の詩人の名前が即座に浮かんで来る。それ程、宮崎は詩の田畑がよく耕され肥沃ある土地として継承されてきた。

＊

さて、現在において宮崎県ゆかりの詩人が県内外で活躍されていることは言うに及ばない。県内に於いては、先ず杉谷昭人、本多寿を挙げたい。この二人は日本現代詩人会が主幹とする「H氏賞」を受賞した詩人で、続けて同じ県の詩人が受賞したことは画期的で私も大変驚いたことを記憶している。その後も両者の活躍は目覚ましく数々の詩人賞を受賞するばかりでなく、全国的に活躍するなかにあって、南国特有の疾風を全国に吹かせている。

記憶にも新しい口蹄疫を深く洞察した詩集『農場』は、杉谷の優れた詩集でもあり、この災難を風化させてはならないという強い意志を感ずる詩集だ。

農場の正面ゲートにかんぬきが下りて／そして誰もいなくなった／農場は無人となった／三百頭ほどいた牛たちもみな殺処分されてしまった／最後の農夫の姿が道の果てに消えたとき／ゲート脇の枇杷の葉が落ちた／空中で一度だけかるく裏返って／そのまま地面に落ちた／正午の光といっしょに落ちた／そのとき農場を過ぎる風の量がとつぜんふえた／枇杷の葉がざわざわと鳴って／まるで三百頭すべての牛たちが／いっせいに牛舎から駆け出したようであった／おのれの〈死〉に向かって一直線に／それほどたしかな足取りで／五月の風は農場を吹きすぎていった（「農場」）

何にも増して「宮崎」の過去と現在地を確固として捉えようとする執念がある。この原動力こそが宮崎の詩の根源であり牽引していることは、今さら言うまでもない。

　また、南邦和、田中詮三は自己の詩の領域と自己の詩の世界を躊躇することなく繰り広げ、その痕跡をあますところなく発揮している。南は「原郷」ともいうべき自己の所在と起因となるものを追求し、田中は現在置かれた閉塞感を打ち破ろうと詩に託している。また、中島めい子、三尾和子は同人誌「ピアニッシモ」を母体として、感性豊かに詩の果汁を絞り出している。

　続いて、中核としては、くらやまこういち、藤崎正二、玉田一陽、碕山加奈等が活躍するが、「宮崎県詩の会」会員のどの詩人も大いに自己の詩世界を広げようとお互いに切磋琢磨して境地に挑んでいる。また、都城市で地域に根を張り、富松良夫の研究にも力を注ぐ大重辰雄や遠藤隆生、特異な詩世界を見せ最近力をつけてきた森村一水、延岡市では甲斐千里、河野正、野々上万理が注目を集めている。宮崎市では、黒木なみ江、大山あゆみ、鍋倉清子、甲斐知寿子、大西雄二、興梠マリア、須河信子、長谷川信子等が活躍している。また、宮日学園詩壇の詩の選者を担当する中馬宣明が活動をつづけ、じんぐんよう、陣ノ下さとし、小池久、西田良子、日野陽、まつおじゅん子、吉田順子等も光る詩魂を見せている。

　えびの市では、長年詩作の年輪を刻み続けている田中孝江を筆頭に、詩作に余念がない田中虎夫、田中フサ子、友清慈子《やす》、福元久子が活動しており、小林市では下永玲子が同人誌に加わりながら日常の詩を掬い上げる意欲を見せている。児湯郡では岩﨑俊彦のナィーブさがひかるが、植野正治、林黄、布留川文が宮崎県詩の会に在籍しながら活躍している。また、民俗学にも精通した亀澤克憲は鋭い批評性を持っている。

他には、宮崎日日新聞の「宮日文芸」の投稿者で、昨年（令和二年度）宮日文芸賞に輝いた江上紀代は、感性豊かでナイーブな詩の世界を表現している。岩﨑信也を始め、「宮日文芸」投稿者には優れた書き手が多く、これからの飛躍が大いに期待できる。また、みやざき文学賞を受賞した経験を持つ谷口順子は、小林市で詩心を温めている。

続いて長きに亘り詩作と評論の分野で力量を発揮しているのが、三島久美子である。県内の活動に留まらず中央の詩誌等に精力的に書き、その痕跡を残してきている。他にも今回このアンソロジーに参加していただいた県内在住の詩人は、自己の領域に留まらず大いにその穂先を伸ばそうとして躍動を摑み始めている。

＊

宮崎県出身者の県外で活躍する詩人としては、何と言っても先ず新藤凉子を筆頭に挙げたい。新藤凉子は鹿児島県に生まれ、父の転勤に伴い満州に渡った。その後、父の死の翌年、父方の故郷である宮崎に引揚げてきた。その後、宮崎を離れたが高見順賞をはじめ数々の受賞を受ける傍ら、日本現代詩人会の会長を歴任し、日本現代詩人会の名誉会員になっている。私は、以前「現代詩手帖」十二月号年鑑で、新藤凉子の詩「ひとひらの雪」を読んで、凍てつくほどの感動で打ち震えたのを覚えている。東北地方の降りしきる雪をテーマにした詩だったが、そこには新藤凉子が経て来た半生までもが蓄積し、それだけでなく苦難の道のりを歩んだ分だけ、等しく詩の内面にリアリティーを読み取ることが出来た。そこには「魂の唸り」とでもいうべきものを私は感じた。新藤凉子は現在において、宮崎詩の指南的存在として牽引しているし、これからも指導していただきたい。

関東では、東京に宮崎県詩の会会員である山口謙治がいる。今回、このアンソロジーに作品を出展され大変嬉しく思っている。それから、東京には小林市出身の菊永謙が少年詩の旗手として名を馳せている。菊永謙とは私は個人的にも長い付き合いで、当初から大変な影響を受けた。菊永は途中から児童文学や少年詩に造詣を深くしたが、最近、また詩も書き始め、今後の活躍が大いに期待される。埼玉県に同じく小林市出身の小野浩が地域に根を張りながら、着実に活動を繰り広げている。持ち前の明晰な性格とパフォーマンスで詩のみならず、場を盛り上げる力量が卓越している。

なにはともあれ、宮崎の詩の土壌は豊かだ。それは冒頭でも少し触れたが、先人の弛まない努力が実を結び構築された耕土は種子を育て、豊かな南風で詩の育つ環境を整えつつあると言って良いだろう。すくなくとも、後の世代に先達の水脈を確実に引き継ぎ、澱みをつくらないことが肝要である。このコロナ禍の時代に、厳しくも時代を切り拓く意志こそが、宮崎の明るい空を取り戻せる一番の近道であると信じたい。

（たにもと　ますお　宮崎県詩の会 会長）

氏　　名	住　　　　所	所属誌
田島廣子	〒546-0012　大阪市東住吉区中野3-12-3ﾄﾞﾐｰﾙ春光310号	詩人会議・PO
杉谷昭人	〒880-0036　宮崎市花ヶ島町三反田694-4	
須河信子	〒880-0815　宮崎市江平町1-2-9	
陣ノ下　さとし	〒881-0005　西都市	
新藤凉子	〒413-0033　熱海市熱海1993-7-2-315	
じん　ぐんよう	〒889-1605　宮崎市清武町加納乙1-91	龍舌蘭
下永玲子	〒886-0003　小林市北西方214-78	
椎葉定実	〒880-0303　宮崎市佐土原町東上那珂13419	
櫻井奏	〒880-0032　宮崎市霧島3-47	
碕山加奈	〒886-0003　小林市堤2977-151	魂根
興梠マリア	〒880-0926　宮崎市月見ヶ丘2-1-15	
小池久	〒889-0124　宮崎市新名爪360-36	
黒木なみ江	〒880-0867　宮崎市瀬頭1-2-3	遍歴
黒木敏孝	〒883-0055　日向市本町14-14	
黒田千穂美	〒880-0879　宮崎市宮崎駅東1丁目2番地5　ｽﾀｼﾞｵｻｲﾄ内	
くらやまこういち	〒885-0002　都城市太郎坊町6844	龍舌蘭
菊永謙	〒168-0072　杉並区高井戸東3-36-13-402	
河野正	〒882-0033　延岡市	
狩峰隆希		まひる野
甲斐知寿子	〒880-0301　宮崎市佐土原町上田島1143-21	
甲斐千里	〒889-0505　延岡市北一ヶ丘4丁目3-17	龍舌蘭
小野浩	〒350-0461　入間郡毛呂山町中央4-3-52	魂根・プリズム
乙木草士	〒240-0025　横浜市	
大西雄二	〒880-0002　宮崎市中央通2-5	
大重辰雄	〒885-0019　都城市祝吉2-4-7	遍歴
江上紀代	〒880-0052　宮崎市丸山2丁目262	
植野正治	〒883-0034　日向市大字富高334-1	日本詩人クラブ
岩﨑俊彦		
岩﨑信也	〒848-0001　児湯郡高鍋町大字高鍋町	
あゆみ	〒880-0805　宮崎市	

執筆者名簿

氏名	住所	所属誌
吉田順子	〒880-0864 宮崎市吾妻町158-201	
山口謙治	〒146-0094 大田区東矢口3丁目8番2-301号	見者
森山廣良	〒880-0013 宮崎市	
森村一水	〒885-0092 都城市南横市町1989-1 羽良様方	魂根
南邦和	〒880-0035 宮崎市下北方町牟多田1159-2	千年樹
三尾和子	〒880-0841 宮崎市吉村町久保田甲960-4	第2次ピアニッシモ
松元雅子	〒889-0930 宮崎市花山手東3-8-6	
まつおじゅん子	〒889-1605 宮崎市清武町加納甲2260-18	
布留川文	〒889-1201 児湯郡都濃町	
藤﨑正二	〒880-0032 宮崎市霧島1丁目79 ｻｰﾊﾟｽ霧島1丁目203	よむぎこ・龍舌蘭
福元久子	〒886-0005 小林市南西方5134-1	
日野陽	〒880-0301 宮崎市佐土原町上田島55-1 松田様方	
林黄	〒880-1302 東諸県郡綾町大字北俣736-2	
服部久志生	〒889-1406 児湯郡新富町	
長谷川信子	〒880-0022 宮崎市大橋2丁目116	詩的現代
野々上万里	〒882-0843 延岡市永池町	龍舌蘭
西田良子	〒889-1702 宮崎市田野町乙7214-2	
鍋倉清子	〒880-0946 宮崎市福島町	
中條喜世子	〒885-0093 都城市	霧の会
中島めい子	〒885-0082 都城市南鷹尾町11-19	第2次ピアニッシモ
友清慈子	〒889-4301 えびの市大字原田3286-1	えびの市詩の会
玉田千津子	〒880-1303 東諸県郡綾町	
玉田一陽	〒880-1303 東諸県郡綾町南俣5748-1	
谷元益男	〒886-0212 小林市野尻町東麓5667	魂根・space
谷口順子	〒886-0003 小林市堤3170-4	
田中フサ子	〒889-4301 えびの市大字原田3724	
田中虎夫	〒889-4301 えびの市大字原田3724	
田中孝江	〒889-4161 えびの市岡松414	
田中詮三	〒880-0926 宮崎市月見ヶ丘2丁目1-1	遍歴

編集後記

私は編集委員の一人として主に南邦和氏と中島めい子氏の論評を担当させていただいた。内容は南邦和氏の「十年ひと昔……「点鬼簿」の詩人たち」中島めい子氏の「宮崎の詩略年譜（二〇一〇～二〇一九）」「宮日文芸を振り返って」である。詩歴の浅い私にとって、お二人の論評により過去十年間の「宮崎県の詩のバックグラウンド」を学ぶことができた。

前回のアンソロジー「宮崎詩集２０１０年版」もそうであったが、投稿詩以外にこのような論評が添付されていると、先人たちの生き様と叡智を学ぶことができるし、思想や詩感を読み取り、未来につながるし、現状と比較し今の自分を知ることができると思っている。また、いろいろなアンテナを張ることもできる。

それにしても、お二人の「詩」に対する熱意と造詣の深さにただただ感銘をするばかりであった。このような時間をいただいたお二人に深く感謝申し上げたい。

「記録とその思いを残すことは、次なるステップへの一つ」と思い、半世紀以上紡いでいる私の日記が何かちゃちなものに思えてくる。

最後になったが、宮崎県詩の会の役員の方々と編集委員長の倉山氏には初めから最後までお世話になるばかりだったことを深くお詫びし、私の編集後記としたい。

小池　久

昨年、コロナウイルスが少し収まったかに見えた十一月に、国民文化祭「現代詩の祭典」を実施した。アトラクションの群読を担当したが、舞台で声にする作品を選ぶのに、宮崎の詩人のものを選ぶことになり、多くの詩集にあたった。その際、アンソロジー集にも目を通した。宮崎には、詩を書かれる方がこれほどいるのかと少し驚くところもあった。今回、編集に関わる中で、参加の五十九名の作品にいまだ目を通していない。私は今のところ、評論を読み、データ化し、ゲラ校正しただけだ。だから、できあがった本からどのような詩やことば、〈声〉に出会えるか大変楽しみである。インターネット上にあるかなきかのように存在するよりも、詩は、一冊の本として出会う方がよい。なぜそうなのか、ここで詳しく述べられたらいいのだが、実感的なことを散文的に説明しても白々しくなる。それぞれに実際に本を手に取って、その出会いを感じると良い、と思う。コロナ禍で、リモート何とかが増えたが、本くらい、その距離を気にせず、べたべたに触れて読みたい。自分一人であれば、マスクもつけずに声に出して読んでも良い。あるいは、ウイルスが蔓延していない時期であれば、昨年のようにみんなで集まって声に出して味わいたい。そんな現代の詩が集まっているのではないかと、一人パソコン画面に文字を浮かばせながら、考えている。マスクの息苦しさも忘れるほどである。ご参加いただいた皆様、この場をお借りして感謝申しあげます。

藤崎正二

「はい。いいですよ。つぎの役員会までに参加要項案を作ればいいんですね」

確たる根拠も、経験も、当然自信もないのに自分のできることをする。そんな思いで引き受け、そのまま事務局も担当することになった。届いた原稿が要項の内容と違っていたり、メール添付の原稿が文字化けして開けなかったりで、深夜までパソコンと格闘する度、こんなことも払拭する詩集を完成させたいという思いを強くした。〈出来ることをする〉の一つに、「県芸術文化協会」様への助成金申請の試みがあった。申請したチャレンジ・コロナ対応枠は、刊行した詩集をどう宮崎詩壇の発展充実に繋げるか！　という具体的な展開が重要な条件とのことであった。そこで参加者の作品朗読を中心にした「公開座談会」の企画を提出、採択の通知をいただいた。参加人数も五十九名。初参加の方が半数であることは何より嬉しいことであった。チャレンジということでは目次を逆五十音順にした。逆転の発想といった大仰なことではないが、何か新しい風のきっかけになればという私の思いを受け入れてもらった。

最後に今回も出版元の鉱脈社様、助成金申請に際し助言をいただいた県芸術文化協会様、カバー絵を引き受けてくださった玉田一陽氏、評論を執筆していただいた方々、中島めい子、杉谷昭人、南邦和、谷元益男の「県詩の会」の顔というべき詩人、その原稿のデータ化を担った、小池久、藤崎正二の両名を含む刊行委員仲間と、この事業に関われたことは貴重な体験となりました。一人一人が主役の『宮崎詩集』に参加していただいた方々と完成を喜び合いたい。

くらやまこういち

「宮崎詩集　2021年版」刊行委員会

二〇二一年十月

宮崎詩集　2021年版

二〇二一年十一月　六　日　初版印刷
二〇二一年十一月三十日　初版発行

著　者　宮崎県詩の会 ©
〒八八〇－〇〇三一
宮崎県宮崎市霧島一丁目七九番地
サーパス霧島一丁目一〇三号
電話　〇九〇－七四四八－九六八三

発行者　川口敦己
発行所　鉱　脈　社
〒八八〇－八五五一
宮崎県宮崎市田代町二六三番地
電話　〇九八五－二五－一七五八
印刷　有限会社　鉱　脈　社
製本　日宝綜合製本株式会社

本書は、宮崎県および（公財）宮崎県芸術文化協会の助成をいただいて発刊いたしました。